Abgerechne

Michael Borlik

Abgerechnet

Thienemann

Für René und Verena,
die mir stets zur Seite stehen.

1

Es gibt Tage, die man sein Leben lang nicht vergisst. Für Samuel Weyden sollte der heutige Tag so einer werden. Noch ahnte er nichts davon. Aber das würde sich schon bald ändern.

»Sei ehrlich«, bat Jan. »Wie sieht es aus?«

Samuel schmunzelte. »Cool.«

»Cool, ja?« Jan runzelte die Stirn. »Und warum grinst du dann so?«

»Na ja, nicht jeder kommt auf die Idee, seine Brille selbst zu lackieren. Und dann auch noch die eine Seite gelb und die andere grün.«

»Ich find's schick«, erklärte Jan und verschränkte die Arme vor der Brust. Er sah Samuel herausfordernd an.

»Mensch, Jan, sag ich doch!« Samuel klopfte ihm kameradschaftlich auf die Schulter. »Es ist wirklich mal was ... anderes.«

»Du findest es scheiße!«

»Eher gewöhnungsbedürftig.«

»Hm.«

»Mach dir nichts draus, es muss *dir* gefallen.« Samuel war stehen geblieben, um einen Blick auf die

Straße zu werfen. Kein Auto in Sicht. »Wir sehen uns dann morgen um zehn?«

»Mir wäre elf lieber. Ich möchte ausschlafen. Für irgendwas müssen Ferien ja gut sein.«

»Du kannst noch oft genug ausschlafen. Aber wie du willst. Also, wir sehen uns.« Samuel wechselte auf die andere Straßenseite.

»Ja, bis dann«, rief ihm Jan hinterher.

Sobald Samuel alleine war, holte er seinen MP3-Player heraus, steckte sich die Kopfhörer, kleine, ölschwarze Knöpfe, in die Ohren und drückte auf Play. Ausgelassen summte er mit. Etwas, das er nur machte, wenn er besonders guter Laune war. Wie heute. Was nicht zuletzt daran lag, dass es der erste Tag der Sommerferien war. Zwar fiel der Urlaub mit seinen Eltern dieses Jahr aus. Wieder mal! Weil die Klinik angeblich unmöglich auf den großartigen Dr. Weyden verzichten konnte. Aber in Wahrheit war es genau umgekehrt. Sein Vater würde es niemals zwei Wochen lang ohne seine Arbeit aushalten. Er war der reinste Workaholic.

Aber das störte Samuel nicht wirklich. Welcher Siebzehnjährige fuhr schon gerne mit seinen Eltern in Urlaub? Umso mehr Zeit blieb ihm für seine Freunde.

Heute hatte er sich mit Jan den halben Tag in der Kölner City herumgetrieben. Vormittags waren sie in der Stadtbücherei gewesen. Was dazu geführt hatte, dass Jans Rucksack vor Büchern übergequollen war, als sie sie wieder verlassen hatten. Anschließend hatten sie einen Zwischenstopp bei McDonald's gemacht und waren von dort aus durch die Geschäfte der Innenstadt gestreift. Dabei hatte Samuel sich »Telegramm für X« gekauft, das neue Album von Xavier Naidoo. Und Jan »Confessions on a Dance Floor« von Madonna. Zum Abschluss ging es dann noch ins Kino. Besser hätte man die Ferien gar nicht einläuten können. Und heute Abend würde Scarlett vorbeischauen. Es war der perfekte Tag. Und nichts würde ihm dieses Gefühl nehmen können.

Samuel bog nach rechts ab, wechselte nach ein paar Metern weiter den Bürgersteig, um einer Baustelle auszuweichen, und betrat eine breite Straße, die zu beiden Seiten von gepflegten Vorgärten gesäumt wurde. Sie gehörten zu luxuriösen Einfamilienhäusern mit schmucken Haustüren, ausladenden Fensterfronten und großzügig bemessenen Auffahrten, die meist vor einer Doppelgarage endeten.

Das Haus von Samuels Eltern lag am Ende der Straße. Als es in Sicht kam, runzelte er die Stirn. Warum parkte ein Streifenwagen der Polizei in ihrer Einfahrt? Er zog die Stöpsel des Kopfhörers aus den Ohren.

Plötzlich war da dieses absolut miese Gefühl, das ihm sagte, dass etwas passiert sein musste. Seine Eltern! Was war mit ihnen? Sein Magen verkrampfte sich. Samuel ging jetzt schneller. Dann fing er an zu laufen. Vor der Haustür fischte er den Schlüssel aus der Hosentasche und ließ ihn prompt fallen. Verdammt! Er bückte sich, um ihn aufzuheben. Seine Finger zitterten nun so stark, dass er Mühe hatte, den Schlüssel zu greifen. Er nahm die zweite Hand zu Hilfe. Endlich! Samuel schob den Schlüssel ins

Schloss. Kaum war er über die Schwelle getreten, erstarrte er gleich wieder.

An der Garderobe im Flur stand ein kleiner schnauzbärtiger Polizist und hielt Samuels Schulrucksack in den Händen, den er offensichtlich gerade durchsucht hatte. Seine Augen funkelten misstrauisch. »Wer bist denn du?«

»Samuel«, stieß Samuel atemlos hervor. »Samuel Weyden. Ich wohne hier!«

Der Polizist runzelte die Stirn. »Samuel Weyden«, wiederholte er in einem Tonfall, als wollte er als Nächstes fragen: Und du bist dir ganz sicher?

Samuel war diese Reaktion gewohnt. Wie konnte er auch bloß behaupten der Sohn des angesehenen Chefarztes der Unfallchirurgie Dr. Axel Weyden und seiner Frau Miriam zu sein, obwohl man schon auf den ersten Blick sah, dass es unmöglich stimmen konnte. Sie waren weiß, er schwarz. Gerade wollte Samuel seinen üblichen Spruch ablassen und erklären, dass er adoptiert war, als der Polizist sagte: »Weißt du überhaupt, was du angerichtet hast?«

Samuel starrte ihn verdutzt an. Wovon sprach der Typ? Er hatte gar nichts angestellt! »Ich ... Was ist hier überhaupt los?«

»Komm mit«, brummte der Polizist.

Samuel folgte ihm mit klopfendem Herzen ins Wohnzimmer, wo sich ihm eine noch bedrückendere Situation darbot. In dem roten Ledersessel, der an der Kopfseite des Wohnzimmertisches stand, hockte eine Frau mit dunkelbraunem Haar und redete auf seine Mutter ein, die ihr schräg gegenüber auf dem Sofa saß.

Völlig verheult und ein zerknautschtes Papiertaschentuch zwischen den Fingern drehend. Als sie nun aufblickte und Samuel sah, stieß sie einen spitzen Schrei aus, sprang vom Sofa auf und warf sich ihm an den Hals.

»O-oh, Samuel«, stammelte sie. »Ich bin so …« Ihre Worte gingen in einem neuerlichen Schluchzen unter.

Dad!, schoss es Samuel durch den Kopf. Es muss ihm etwas zugestoßen sein!

In dem Moment öffnete sich die Tür vom Esszimmer. Samuel sah auf. Sein Vater stürmte den Raum, alarmiert von dem Schrei seiner Mutter. Er war bleich, aber ansonsten völlig in Ordnung. Samuel verstand überhaupt nichts mehr. Wenn es ihm gut ging und seiner Mutter – einmal abgesehen von dem Heulkrampf –, was machte dann die Polizei in ihrem Haus?

Aus dem Augenwinkel registrierte Samuel, wie sich die Frau aus dem Ledersessel erhob. Sie trat näher und nickte ihm zu. Sie hatte die stechendsten grauen Augen, die ihm je bei einem Menschen begegnet waren. Vorsichtig löste er sich aus der Umklammerung seiner Mutter. Mit einem Mal wusste er, dass sie ganz allein wegen ihm hier war. »Oberkommissarin Isabel Lerchinger«, sagte sie und streckte ihm die Hand entgegen. »Sie sind also Samuel Weyden.«

Samuel ergriff ihre Hand und nickte lediglich. Zu etwas anderem wäre er in diesem Moment nicht fähig gewesen. Was wollte die Polizei von ihm? Er sah zu seinem Vater hinüber, der noch immer steif und starr an der Stelle verharrte, wo er stehen geblieben war, als er Samuel erkannt hatte.

»Was …« Samuel räusperte sich, um den Kloß aus seinem Hals zu vertreiben. »Was ist hier los?«

Seine Mutter schluchzte wieder auf.

»Setzen wir uns«, ergriff die Oberkommissarin erneut das Wort.

Samuel ging rüber zum Sofa. Die Tüte mit der CD legte er vor sich auf den Tisch. Seine Mutter, die ihm stumm gefolgt war, nahm neben ihm Platz und ergriff seine Hand. Am liebsten hätte Samuel sie ihr gleich wieder entzogen, weil er sich wie ein kleines Kind vorkam und es ihm peinlich vor der Oberkommissarin war. Aber er tat es nicht.

Die Kommissarin reichte Samuel über den Wohnzimmertisch hinweg ein Stück Papier. Es war ein maschinell geschriebener Brief, der in einer durchsichtigen Hülle steckte. Samuel fing an zu lesen. Mit jedem Wort wurde er blasser.

Ich hasse mein Leben!
Wer bin ich überhaupt? Ich kenne nicht mal meine richtigen Eltern. Vielleicht sind sie ja tot, aber vielleicht wollten sie mich auch nur loswerden und haben mich darum als Baby ins Heim gesteckt. Wie ein Paar ausgelatschter Turnschuhe, das man fortwirft, weil es einem nur im Weg ist.
Warum haben sie das getan? Haben sie mich etwa so sehr gehasst? Und wenn meine Eltern mich schon nicht wollten, was soll ich dann überhaupt hier?

Seit Wochen quält mich diese Frage. Habt ihr das denn nicht gemerkt? Ma, Dad, wie konntet ihr nur so blind sein? Und ihr wollt meine Eltern sein! Gar nichts, aber auch gar nichts habt ihr je begriffen! Ich kann so nicht weitermachen, ich halte das einfach nicht länger aus ...

Samuel

Samuel ließ den Brief sinken. Seine Hände zitterten. »Der … der ist nicht von mir!«

Niemand sagte ein Wort.

Alle starrten ihn nur an.

Samuel konnte regelrecht spüren, wie sich die Blicke seiner Eltern und dieser Kommissarin in seinen Kopf zu bohren versuchten, um herauszufinden, ob er die Wahrheit sagte. Waren die denn total übergeschnappt? Warum hätte er einen solchen Brief schreiben sollen? Er hatte niemals auch nur einen einzigen Gedanken an Selbstmord verschwendet. Er hatte alles, was er wollte: eine echt süße Freundin, Eltern, die – normalerweise – überraschend erträglich waren, und die besten Freunde, die man sich vorstellen konnte.

»Was ist nur los mit euch?«, fauchte Samuel die drei an. »Seh ich aus, als ob ich vorhätte mir die Pulsadern aufzuschneiden?« Sein Blick irrte zwischen seinen Eltern hin und her. Dann sah er wieder auf den Brief hinab. »Da ist ja nicht mal meine Unterschrift!«

Die Oberkommissarin streckte fordernd die Hand aus. »Darf ich, bitte?«

»Scheiße, Sie müssen mir glauben!«, rief Samuel.

»Den Brief.«

Er gab ihn ihr zurück und begrub das Gesicht seufzend in den Händen. »Was soll ich noch sagen, damit ihr mir glaubt?«

»Ich habe nie gesagt, dass ich Ihnen nicht glaube.«

Samuel hob den Kopf und sah die Oberkommissarin hoffnungsvoll an.

»Sie wirken nicht wie jemand, der suizidgefährdet ist«, sagte sie und rückte in ihrem Ledersessel vor, als wollte sie ihn ganz genau in Augenschein nehmen. »Ich hatte bereits mit einer Reihe solcher Fälle zu tun. Sie passen nicht in dieses Schema. Nicht nach allem, was mir Ihre Eltern über Sie erzählt haben.«

»Genau«, sagte Samuel aufgeregt. »Ich bin doch nicht verrückt!« Er sah seinen Vater an, auf dessen blassem Gesicht sich keine Regung zeigte, dann drehte er sich zu seiner Mutter um, die ihn aus geröteten Augen vorwurfsvoll musterte. »Ich schwöre euch, ich habe den Brief nicht geschrieben! Warum sollte ich so etwas tun? Mir geht es gut, ich hab Scarlett, ich hab … ich … ich war nie glücklicher. Ja, wirklich, es ist so!«

Hilflos, weil er nicht wusste, was er sonst noch hätte sagen können, zuckte er die Achseln.

»Ist das so?«, fragte sein Vater ernst.

Er nickte. »Da muss sich irgendein Vollidiot einen Scherz auf meine Kosten erlaubt haben.«

»Du hast diesen … diesen Brief also wirklich nicht geschrieben?«, fragte seine Mutter mit hoffnungsvoller, wenngleich noch immer leicht bebender Stimme.

Samuel rang mit den Händen. »Das habe ich jetzt schon x-mal gesagt. Nein, nein und nochmals nein.«

»Weißt du, ich war …« Seine Mutter zögerte. »Ich war völlig aus dem Häuschen, als ich diesen Abschiedsbrief von dir im Briefkasten gefunden hab. Du warst gerade gegangen und ich dachte … Weiß Gott, was mir alles durch den Kopf ging … Ich habe natürlich gleich deinen Vater angerufen. Er ist sofort gekommen und dann haben wir die Polizei verständigt.«

»Ich hatte doch beim Frühstück gesagt, dass ich mich mit Jan treffe«, sagte Samuel.

»Ich habe versucht bei seinen Eltern anzurufen. Aber niemand ging ran. Also wusste ich nicht …« Sie brach ab und hob die Hand an die Lippen, die wieder zu zittern begonnen hatten.

»Seine Eltern waren arbeiten«, brummte Samuel. »Ist schließlich mitten in der Woche.« Er schloss für einen Moment die Augen, weil er sich plötzlich ausgebrannt und leer fühlte. Dieser Tag hatte so gut angefangen und jetzt das!

Ein Schatten fiel auf ihn. Samuel blickte auf und sah seinen Vater, der näher gekommen war. Er legte Samuel die Hand auf die Schulter, wie er es immer tat, wenn er nicht wusste, was er sagen sollte. Es fiel ihm schwer, Gefühle zu zeigen, geschweige denn über sie zu reden. Vielleicht verlernte man das mit der Zeit als Arzt. Eine Art Verdrängungsmechanismus, um mit all dem Leid umgehen zu können, dem man in diesem Beruf immer wieder begegnete.

»Was haben Sie jetzt vor?«, wandte Samuel sich wieder an die Oberkommissarin.

Sie lächelte. Das war wohl aufmunternd gemeint, wirkte dafür aber zu routiniert. »Wie ich schon sagte: Ich glaube Ihnen. Und zwar noch aus einem anderen Grund. Ich habe mich vorhin in Ihrem Zimmer umgesehen und dort einen Laptop und einen Drucker entdeckt. Dieser Brief hingegen ist mit einer Schreibmaschine getippt worden.«

»Dann dürfte ja wohl alles klar sein«, sagte Samuel.

Sein Vater räusperte sich vernehmlich. »Also nur ein dummer Scherz?«

Die Oberkommissarin hob leicht die Schultern. »Denkbar. Allerdings …« Sie zögerte. »Sehen Sie, ich habe in meinem Beruf nicht selten mit Verbrechen zu tun, die man mit gesundem Menschenverstand nur schwer nachvollziehen kann. Mit der Zeit stumpft man auch ein wenig ab. Allerdings finde ich, dass ein gefälschter Abschiedsbrief weit über die Grenzen eines Scherzes hinausgeht.«

»Vielleicht war es aber auch nur jemand aus Samuels Schule, mit dem er in der letzten Zeit Ärger hatte und der sich auf diesem Wege rächen wollte«, warf Samuels Mutter hoffnungsvoll ein.

»Was denken Sie?«, wandte sich Oberkommissarin Lerchinger an Samuel.

Er schüttelte den Kopf. »In der letzten Zeit hatte ich mit niemandem Ärger.«

»Ach, was soll's«, warf sein Vater plötzlich ein. »Heutzutage laufen so viele Verrückte auf der Straße rum, da weiß man nie, was in deren Köpfen so vorgeht. Zum Glück ist alles glimpflich ausgegangen. Und ich finde, darüber sollten wir uns freuen.«

»Vielleicht hast du recht«, sagte Samuels Mutter, wobei sie alles andere als überzeugt wirkte.

»Nun, wenn Sie wollen, dass wir weiterermitteln, sollten Sie Strafanzeige erstatten.«

»Lassen wir das, Frau Oberkommissarin«, sagte Samuels Vater. »Es ist ja niemandem etwas passiert.«

»Es ist Ihre Entscheidung.« Sie erhob sich aus dem roten Sessel. »Aber ich muss Sie warnen, Dr. Weyden, machen Sie es sich nicht zu einfach. Wie Sie selbst sagten, es laufen genügend Verrückte auf der Straße herum und man weiß nie, wozu sie fähig sind.« Sie zog eine Visitenkarte hervor und überreichte sie ihm. »Rufen Sie mich an, wenn etwas sein sollte.« Sie gab zum Abschied jedem die Hand. Als sie bei Samuel angelangt war, fing der intensive Blick ihrer ungewöhnlichen Augen den seinen auf. Und für einen kurzen Moment glaubte er so etwas wie Sorge darin zu lesen. Sie öffnete den Mund, als wollte sie etwas sagen, schien es sich dann aber doch anders zu überlegen und beließ es bei einem knappen Nicken.

Samuels Vater führte die Oberkommissarin und die beiden Streifenpolizisten in ihrer Begleitung zur Haustür, während Samuel bei seiner Mutter im Wohnzimmer zurückblieb. Noch immer hielt sie seine Hand umklammert, als fürchtete sie, er könnte sich als Phantom erweisen, sobald sie ihn losließe.

Samuel schüttelte den Kopf. War dieses Gespräch gerade wirklich passiert? Je länger er hier stand und darüber nachdachte, desto unwirklicher erschien es ihm. »Ich geh nach oben«, sagte er und entzog sich dem Klammergriff seiner Mutter, die leise protestierte.

Samuel ignorierte es. Er musste jetzt erst einmal allein sein.

Beim Verlassen des Wohnzimmers fiel sein Blick auf das Telefon. Scarlett!, dachte er. Ich muss sie anrufen! Er schnappte sich den Hörer und eilte weiter. Noch auf dem Weg in sein Zimmer begann er zu wählen. Scarlett würde sich furchtbar aufregen, wenn sie das hörte. Und Jan und Mara ebenso.

2

Samuel lag mit geschlossenen Augen auf dem Bett. Er wirkte dabei so entspannt, als ob er schliefe. Doch der Eindruck täuschte. In seinem Kopf wirbelten die Gedanken umher, wie in einer Kiste voller alter Fotos, die man kräftig durchschüttelt. Jemand hatte in seinem Namen einen Abschiedsbrief geschrieben. Jetzt, da er endlich Zeit fand, darüber nachzudenken, jagte es ihm einen Schauder über den Rücken. Warum sollte gerade er sich umbringen? Diese Oberkommissarin hatte recht, das hatte nichts mehr mit einem Scherz zu tun!

Er rollte sich zur Seite, um ein wenig zu dösen. Aber er fand keine Ruhe. Selbstmord – pah, doch nicht er! Plötzlich musste er an früher denken, an die weniger glückliche Zeit in seinem Leben. Erinnerungen, an die er schon lange nicht mehr gedacht hatte, drängten an die Oberfläche. Zeigten ihm vergessene Bilder, weckten vergessene Gefühle. Aber das lag alles schon so lange zurück. Damals hatte er sein Leben wirklich gehasst, aber da war auch alles anders gewesen.

Er war im Waisenhaus aufgewachsen, als einziges schwarzes Kind, und hatte sich deshalb oft noch einsamer gefühlt als die anderen. Dabei hatten sie ihn nicht einmal wegen seiner Hautfarbe gehänselt. Meistens jedenfalls. Über seine richtigen Eltern wusste Samuel nichts. Er war gefunden worden. Als Baby. In einem Kinderwagen, der einfach so an einer Bushaltestelle herumgestanden hatte. Dieses Wissen hatte ihm immer das Gefühl gegeben, unerwünscht auf dieser Welt zu sein. Wenn man im Heim landete, weil die Eltern tot waren, konnte man sich wenigstens an die Erinnerung klammern, dass sie einen geliebt hatten. So aber lief man die ganze Zeit über mit dem Gedanken herum, dass sie einen niemals gewollt hatten. Dass man ihnen lästig gewesen war. Vielleicht sogar verhasst.

Sieben Jahre hatte er mit diesem Gefühl leben müssen. Sieben endlose Jahre. Eines Tages war dann das Ehepaar Weyden aufgetaucht. Sie konnten selbst keine Kinder bekommen und hatten Samuel adoptiert. Seitdem war sein Leben um so Vieles besser gelaufen. Zehn Jahre lebte er nun schon bei ihnen. Die besten, schönsten und glücklichsten seines Lebens. Kein Wunder also, dass er kaum mehr an seine Zeit im Heim zurückdachte.

Es gab nur eine einzige Sache aus jener Zeit, die er nie vergessen hatte. Die er nie vergessen würde, weil er sie sich immer und immer wieder in Erinnerung rief. Es ging darum, dass die anderen Kinder ihn wegen seiner Hautfarbe immer »Schoki« gerufen hatten. Als die Heimleiterin, ein dürres, grauhaariges Klappergestell, das eines Tages mitbekam, verbot sie es. Dabei hatte Samuel seinen Spitznamen gemocht. Also hatte er versucht, es ihr zu erklären, aber sie hatte bloß gemeint, dass es rassistisch wäre. Und hatte dabei ein Gesicht gezogen, als wäre dies ein furchtbar unanständiges Thema. Nur ein paar Tage später hatte Samuel beim Fußballspielen ein Fenster zertrümmert, woraufhin die Heimleiterin ihn als »dummen Schokoladenjungen« beschimpft hatte. Seitdem hasste Samuel jede Art von Heuchelei.

Er öffnete die Lider und drehte sich zur anderen Seite, wo ein Foto von Scarlett auf seinem Nachttisch stand. Langes schwarzes Haar, haselnussbraune Augen, eine winzige halbmondförmige Narbe an der linken Schläfe, die von einem Zusammenstoß mit einem Auto herrührte, weil sie mit Inlineskatern noch nie richtig hatte bremsen können. Scarlett war natürlich nicht ihr richtiger Name. Eigentlich hieß sie Mian. Wie ihre Großmutter, die aus China kam. Aber weil sie Scarlett O'Hara vergötterte – »Vom Winde verweht ist so schön schnulzig!« –, wurde sie von allen nur Scarlett genannt. Nun war sie schon seit zwei Jahren seine Freundin und das alles nur, weil er damals zu den GIGs gegangen war.

GIG hieß nichts anderes als »Grüne Interessengemeinschaft«. Was sich ganz nach einem dieser furchtbar langweiligen Vereine anhörte, in denen Jugendliche sich für den Umweltschutz und soziale Gerechtigkeit engagieren. Und Letzteres stimmte auch. Nur Langeweile kam bei den GIGs nicht auf.

Samuel war dort hingegangen, weil er einfach das Gefühl hatte, etwas tun zu müssen: Den Heuchlern dieser Welt entgegentreten! Gleich an seinem ersten

Tag bei den GIGs war er mit einigen anderen dazu eingeteilt worden, lebensmüde Erdkröten zu retten, die es sich in den Kopf gesetzt hatten, eine dicht befahrene Schnellstraße zu überqueren. Eine der Kröten hatte sich seinem Griff entwunden und mit einem beeindruckenden Sprung auf Scarletts Kopf gerettet. »Ich glaub, das ist deine«, hatte sie nur gesagt und ihn dann gebeten, die Kröte aus ihren Haaren zu befreien.

So hatte es damals mit ihnen angefangen. Inzwischen war auch Samuels bester Freund Jan – Mr Bücherwurm – zu den GIGs gestoßen. Jan hatte nichts mehr geliebt, als sich in seine Bücher zu vergraben, bis Samuel ihm klargemacht hatte, dass nicht nur Romanhelden etwas bewegen können.

Samuel lächelte plötzlich. Was konnte man sich mehr wünschen? Sein Leben war perfekt. Wie hatten seine Eltern nur glauben …

Das Klingeln der Türglocke riss ihn aus seinen Gedanken. Samuel sprang auf und lief nach unten. Im Flur kam ihm sein Vater entgegen. »Ich geh schon«, rief Samuel.

Kaum hatte er die Tür geöffnet, sprang ihm etwas kreischend an den Hals. Warme weiche Lippen drückten sich auf die seinen und Samuel schloss die Augen, um Scarletts stürmische Begrüßung in vollen Zügen auszukosten.

»Es geht dir gut, ja?«, stieß sie einen Moment später atemlos hervor und zog ihn so fest zu sich, als wollte sie ihn nie wieder loslassen. Dabei kitzelte ihr Haar ihn an der Wange. Es roch nach Jasmin. Samuel sog den Duft tief ein, während er über ihre Schulter hinweg Jan und Mara grüßte, die gleich mit ihr gekommen waren.

Samuel kannte kaum zwei Menschen, die gegensätzlicher waren. Mara, mit ihren einsfünfundfünfzig über einen Kopf kleiner als Jan und trotzdem kein Mensch, den man leicht übersah. Vielleicht lag es an ihren großen Rehaugen, die jeden sofort in ihren Bann schlugen und mit denen sie ihn nun sorgenvoll musterte. Oder einfach nur an ihrer gewaltigen und manchmal auch unmöglichen Klappe. Jedenfalls gehörte sie zu diesen Menschen, die man in einen Raum voller Fremder werfen konnte und die schon fünf Minuten später alle um sich versammelt hatten.

Dagegen war Jan schüchtern bis in die Haarspitzen. Samuel verstand es beim besten Willen nicht. Jan war alles andere als hässlich. Weit entfernt von einem Pickelface oder einer Streberleiche. Im Grunde hätte er sich die Mädchen aussuchen können. Aber er versaute es jedes Mal. Sprach ihn eines an, lief er rot an und begann wie ein Dorftrottel rumzustammeln. Der Kerl konnte einem schon leidtun.

»Was ist denn nun passiert? Erzähl schon!«, sprudelte Scarlett heraus. »Ich hab am Telefon nix kapiert. Mensch, worauf wartest du denn noch?«

»Wie wär's, wenn ihr erst mal reinkommt«, schlug Samuel vor.

Die drei schoben sich an ihm vorbei ins Haus. Samuel wollte die Tür bereits schließen, als Herr Kolwiz von schräg gegenüber das Haus verließ. Nur kurz sah er zu Samuel herüber. Dann stieg er in seinen dunkelblauen Audi, der in der Einfahrt parkte, ohne den Gruß zu erwidern, den Samuel ihm zurief.

Was für ein Kotzbrocken!, dachte Samuel und warf die Haustür schnaubend zu.

Einer nach dem anderen grüßten sie Samuels Vater, der noch im Flur stand, anscheinend neugierig darauf, wer an der Tür war. Sie gingen gleich nach oben, wo sich Scarlett und Mara zu Samuel aufs Bett hockten, während Jan in den abgewetzten Sessel am Fußende sank.

»Und jetzt will ich alles wissen«, platzte Scarlett heraus. »Ich dachte, ich kipp tot um, als du am Telefon von dem Verhör erzählt hast.«

»Es war kein richtiges Verhör …«

»Sie hat dich doch ausgequetscht, oder?«, warf Mara ein.

»Ja, schon, aber …«

»Dann war es auch ein Verhör. Und jetzt red nicht länger um den heißen Brei herum, wir wollen alle wissen, was Sache ist!«

»Jawohl, Obergefreite Mara!«

»Wenigstens hast du deinen Humor nicht verloren«, konterte sie. »Auch wenn er genauso schlecht ist wie immer.«

Samuel öffnete den Mund zu einer Erwiderung, beließ es dann aber bei einem Kopfschütteln. Gegen Mara hatte man keine Chance. Niemand. Sie hatte auf alles eine Antwort parat. Jede Diskussion gewann sie einfach nur dadurch, dass sie ihr Gegenüber gnadenlos in Grund und Boden redete. Also berichtete Samuel lieber davon, was geschehen war, nachdem er und Jan sich am späten Nachmittag getrennt hatten. Die drei lauschten ihm, ohne ihn auch nur ein einziges Mal zu unterbrechen. Selbst Mara schaffte es, sich zurückzuhalten, bis er zu Ende erzählt hatte.

»Was ist eigentlich mit dem Brief?«, wollte Jan wissen. »Hast du den noch?«

Samuel schüttelte den Kopf. »Die Polizei hat ihn mitgenommen.«

»Schade«, sagte Mara enttäuscht. »Vielleicht hätte er uns einen Hinweis geben können.«

»Worauf?«, wollte Scarlett wissen, die sich eng an Samuel gekuschelt hatte.

»Na, auf dieses miese Schwein, das diesen ganzen Mist angezettelt hat«, erklärte Mara.

»Ich frag mich, was das überhaupt sollte ...« Scarlett seufzte.

»Vielleicht bloß ein selten dämlicher Scherz«, schlug Jan vor.

»Hat mein Vater auch schon gemeint«, sagte Samuel. »Diese Oberkommissarin Lerchinger schien nicht davon überzeugt zu sein, hm.«

Scarlett sah zu ihm auf. »Was denkst du?«

»Ich frag mich, warum jemand so etwas tut. Ich meine, ging's bei der ganzen Sache um mich oder um meine Eltern?«

»Ist das nicht klar?«, sagte Jan. »Es war dein Abschiedsbrief. Also ging es vor allem um dich.«

»Wirklich?«, fragte Mara.

Jan runzelte die Stirn. »Etwa nicht?«

»Ich denk, ich weiß, was Samuel meint. Entweder hat der Kerl gehofft, Samuels Eltern würden tatsächlich glauben, dass der Brief von ihm sei, und ihm die Hölle heißmachen, sobald er nach Hause käme. Oder er wollte Samuels Eltern eins auswischen.«

»Eins auswischen?«, hakte Scarlett nach.

»Sie sollten glauben, ich sei tot«, sagte Samuel.

Scarlett sah ihn entsetzt an. »Wie kann man sich nur so etwas Schreckliches ausdenken?«

»Die Frage ist doch eher, *wer* sich so etwas ausdenkt«, warf Mara ein. »Hast du darüber schon nachgedacht?«

»Diese Lerchinger hat mich das auch schon gefragt«, sagte Samuel. »Aber da ist niemand, mit dem ich eine Rechnung offen hätte. In der Schule versteh ich mich mit den meisten ganz gut. Dem Rest geh ich aus dem Weg.«

»Vielleicht steckt ja auch so ein mieses Rassistenschwein dahinter«, meinte Scarlett wütend. »Von Daniel Chesca aus meinem Mathekurs weiß ich, dass er eine Stinkwut auf Türken hat.«

»Nur weil er mal von einem verkloppt wurde«, sagte Samuel. »Außerdem hab ich mit Daniel zusammen Sport und wir haben uns bisher immer gut verstanden.«

»Was ist mit den GIGs?«, fragte Mara.

»Was sollte denn mit denen sein?«, platzte Jan heraus. »Du willst doch nicht sagen …«

»Kein Grund, sich gleich so aufzuregen.« Mara schüttelte den Kopf. »Ich wollte ja nur sagen, dass ihr euch mit eurem Einsatz für den Umweltschutz bestimmt nicht nur Freunde gemacht habt.«

Samuel nickte. »Mag sein. Allerdings verliefen die letzten Aktionen alle recht friedlich. Natürlich gab es immer mal wieder kleinere Zusammenstöße mit irgendwelchen Idioten, denen wir sauer aufgestoßen sind. Aber bis auf ein bisschen Gebrüll und Geschubse ist weiter nichts passiert.«

»So, wie ich dich kenne, warst du jedes Mal in vorderster Reihe dabei. Tja, vielleicht hast du ja einmal den Falschen angebrüllt und jetzt will der es dir heimzahlen.« Mara verschränkte die Arme vor der Brust. »Auf jeden Fall ist diese Selbstmordnummer eine ganz fiese Tour. So was denkt sich nur jemand aus, der echt nicht mehr alle Tassen im Schrank hat.«

»Genauso gut könnte es jemand sein, der das am laufenden Band macht und sich nun Samuel und seine Familie für seine makabren Späße ausgesucht hat«, wandte Jan ein. »Liest man ja immer mal wieder in der Zeitung, dass es Leute geben soll, die sich an so etwas aufgeilen.«

»Weiß nicht«, sagte Samuel. »In diesem Brief standen Dinge, die nur jemand wissen kann, der sich vorher über mich informiert hat. Er wusste genau, was er schreiben musste, um meine Eltern glauben zu machen, der Brief stamme von mir.« Er zog ein nachdenkliches Gesicht. »Na ja«, sagte er dann. »Andererseits ist es nur schwer zu übersehen, dass ich adoptiert bin, was?«

»Und den Rest hat der Typ sich eben zusammengesponnen«, sagte Jan. »Von wegen tiefunglücklich und den ganzen Mist. Kommt ja oft genug vor, dass das bei adoptierten Kindern wirklich so ist.«

»Jedenfalls nicht bei mir«, erklärte Samuel bestimmt.

»Wollt ich damit auch nicht andeuten«, versicherte ihm Jan hastig.

Mara schnaubte plötzlich. »Wenn ich den Typ in die Finger bekäme …«

»Was dann?«, fragte Jan. »Würdest du ihn so lange vors Knie boxen, bis er merkt, dass da jemand vor ihm steht?«

Mara funkelte ihn an. Sie hasste es, wenn man Witze über ihre Größe machte.

»Jetzt streitet euch nicht«, bat Scarlett die beiden. »Samuels Tag war schon mies genug.« Sie legte den Kopf auf seine Schulter. »Ich bin einfach nur froh, dass es ihm gut geht.«

»Genau, hör auf deine beste Freundin und streite nicht mit mir – aua!« Jan rieb sich den Oberarm, wo Maras Faust ihn getroffen hatte.

»Ich nehm's mit jedem Kerl auf«, zischte sie.

»Deshalb musstest du mich nicht gleich schlagen.«

»Du bist genauso ein Waschlappen wie mein kleiner Bruder. Den braucht man auch nur schief anzusehen, schon fängt er an zu heulen.«

Jan warf ihr einen finsteren Blick zu. »Sehr komisch«, brummte er und wandte das Gesicht dem Fenster zu.

Mara starrte ratlos zu Samuel hinüber. Was ist denn mit dem los?, formten ihre Lippen stumm. Er zuckte die Achseln. Ebenso wie Scarlett. Also wandte Mara sich wieder Jan zu. »Warum auf einmal so empfindlich?«

Schweigen.

»Hab ich was Falsches gesagt?«

Jan reagierte immer noch nicht.

Scarlett runzelte die Stirn. »Kommt schon, vertragt euch wieder, Leute.«

Samuel bemerkte plötzlich einen viel milderen Ausdruck in Maras Augen, als sie nun zu Jan hinübersah. Von Scarlett wusste er, dass sie Jan heimlich »Sahneschnitte« getauft hatte. Ob Mara an mehr interessiert war als nur an Freundschaft? »Wenn ich was Falsches gesagt habe, tut es mir leid«, sagte sie und beugte sich vor, um ihm das Haar zu strubbeln. »Du weißt doch, von wem es kommt.«

Jan stieß einen Seufzer aus und drehte sich zu ihr um. »Und das ist dein Glück.« Er grinste.

»Oh, du Stinktier, du hast mich reingelegt«, beschwerte sich Mara. »Und ich dachte wirklich, du wärst eingeschnappt.«

Jans Grinsen wurde breiter.

In dem Moment spürte Samuel Scarletts Lippen an seinem Ohr. »Was hat er?« Er verstand genau, was sie meinte. Auch er nahm Jan seine plötzliche Fröhlichkeit nicht ab. In der letzten Zeit war er immer stiller geworden, wirkte oft in Gedanken versunken und war manchmal in richtig düsterer Stimmung.

3

Eine Woche war vergangen. Längst verschwendete Samuel keinen Gedanken mehr an den gefakten Abschiedsbrief. Nur Scarlett machte sich weiterhin Sorgen und erkundigte sich häufiger als sonst, wie es ihm ginge. Samuel lächelte dann nur und erklärte, dass er sich nie besser gefühlt habe.

Als Samuel am Freitagnachmittag vom Handballtraining zurückkam und die Treppe zu seinem Zimmer hinaufstieg, hörte er die Stimme einer Frau und eines Mannes, die aus seinem Zimmer kamen.

»Ich geb mir Mühe zu scherzen und möchte viel lieber heulen … und ich heul auch gleich!«

»Scarlett, das klingt ja wie … «

»Wie klingt das, Rhett?«

»… als ob du plötzlich ein Herz hättest! Ein weibliches Herz.«

Samuel schmunzelte. Kein Zweifel! Scarlett erwartete ihn in seinem Zimmer.

Er öffnete leise die Tür und eine Wolke aus Jasmin strömte ihm entgegen. Scarlett musste die Duftlampe auf der Fensterbank angezündet haben, die sie ihm zum Geburtstag geschenkt hatte. Er trat leise ein. Scarlett saß auf seinem Bett, eines der Kissen fest umschlungen, und starrte gebannt auf den kleinen Fernseher im Regal an der gegenüberliegenden Wand.

»Du hast die DVD schon mindestens tausendmal gesehen.«

Scarlett schrak zusammen. »Und es werden nicht die letzten tausendmal gewesen sein. – Aber musst du dich immer so anschleichen?« Sie rutschte vom Bett, um ihn mit einem Kuss zu begrüßen. »Igitt, du bist ja ganz verschwitzt!«

»Die Duschen waren kaputt. Außerdem fällt für den Rest der Ferien das Training aus, weil fast alle weggefahren sind.«

»Das ist doof!«

»Na ja, ist halt so.« Er kramte ein paar frische Klamotten aus dem Schrank. »Ich verschwinde dann mal unter die Dusche.« Als er wenig später in sein Zimmer zurückkehrte, flimmerte gerade der Abspann von »Vom Winde verweht« über den Fernseher. Scarlett musste vorgespult haben. Zum Glück!

»Hat meine Ma dich reingelassen?«, fragte Samuel und setzte sich zu ihr.

»Ja, aber sie ist schon weg, hat noch einen Termin im Wellness-Studio oder so. Natürlich hat sie mal wieder versucht mich zum Mitkommen zu überreden.« Scarlett verdrehte die Augen. »Nein danke, sag ich nur! Dieser ganze Schnickschnack, den sie einem da auf die Haut schmieren ... das ist bloß Gift für unsere Umwelt.«

»Lass das nur nicht meine Ma hören!« Samuel grinste.

»Sie weiß doch längst, wie ich darüber denke. Trotzdem lässt sie nicht locker.«

»Eltern!«

Gegen fünf machten sie sich auf den Weg zu den GIGs. Jeden Freitag trafen sie sich in einer restaurierten Villa in der Nähe des Vorgebirgsparks, die auf die Anfänge des zwanzigsten Jahrhunderts zurückging und von verschiedenen Vereinen und Clubs genutzt wurde. Doch zunächst gabelten sie Jan auf, bevor es mit Bus und Bahn weiter nach Raderberg im Kölner Süden ging. Als die drei in der Villa eintrafen, war bereits einiges los. Im Versammlungsraum, der früher einmal ein großzügiger Wohnraum gewesen sein musste, standen Jugendliche in kleinen Gruppen beieinander oder saßen an einem der Tische und unterhielten sich, zeigten Fotos und Zeitungsartikel rum. Ein unablässiges Grummeln und Murmeln lag über dem Raum, wie in einem Klassenzimmer, in dem der Lehrer fehlte.

»Wo sind denn … Ah, da stecken die beiden ja!«, rief Scarlett.

Samuel wandte sich in die Richtung, in die sie gedeutet hatte. Vor einem der hohen Fenster der Villa, durch das man hinaus in den Garten blicken konnte, standen Wolf und Jula. Die Leiter der GIGs. Wie immer diskutierten sie über irgendetwas. Wolf sagte etwas, fuhr sich anschließend zum x-ten Mal durch das struppige braune Haar, während er seiner Kollegin zuhörte, die wie ein Spargel mit Löwenmähne aussah und ihre Worte mit weit ausholenden Gesten unterstrich.

»Was hast du vor?«, fragte Jan, als Scarlett in ihre Richtung losmarschierte.

»In zweieinhalb Monaten ist schon Green-Night-Disco und wir haben bisher weder Flyer noch Plakate gedruckt. Da muss endlich mal was passieren!«, sagte sie. »Außerdem wissen wir immer noch nicht, wo sie dieses Jahr stattfinden soll.«

»Was ist mit der leeren Fabrikhalle, in der wir letztes Jahr gefeiert haben?«, warf Samuel ein.

»Hast du es noch nicht gehört?«, fragte Scarlett und schob ein dürres Mädchen aus dem Weg, das gerade in einem Magazin blätterte. »Ach, du bist es«, sagte sie nur, als sie Scarlett erkannte, dann vertiefte sie sich wieder in ihre Zeitschrift. »Die Fabrik wurde abgerissen, dort wird jetzt neu gebaut«, fuhr Scarlett fort. »Eigentumswohnungen oder so.«

Wolf und Jula verstummten, als Samuel, Scarlett und Jan plötzlich vor ihnen standen, und wandten sich ihnen mit fragenden Mienen zu.

»Es geht um die Green-Night-Disco«, sagte Scarlett. »So viel Zeit ist bis dahin ja nicht mehr. Habt ihr euch schon was überlegt?«

»Haben wir«, sagte Wolf. »Jula und ich haben uns vorgestern darum gekümmert. Wir kriegen den Saal im Bürgerhaus Stollwerk. Und da der Erlös auch noch für einen guten Zweck ist, kostet es uns nur die halbe Miete. Na, was sagst du? Zufrieden?«

Scarlett lächelte. »Das Stollwerk ist klasse! Da kommt man prima mit Bus und Bahn hin. – Habt ihr euch auch schon überlegt, an wen die Einnahmen dieses Jahr gehen?«

»Ich würd sagen, wir schauen erst mal, wie viel reinkommt«, meinte Wolf, »dann können wir immer noch entscheiden.«

»Was haltet ihr davon, wenn ihr drei euch schon mal an den Computer setzt und mit den Entwürfen für die Flyer loslegt?«, sagte Jula plötzlich. »Ihr könnt die vom letzten Jahr als Vorlage nehmen. Der Rest ist eurer Fantasie überlassen!« Sie sah Jan an. »Du kennst dich ja mit den Programmen aus, oder?«

»Ja, schon.«

»Gut, dann sehen wir uns später ...« Jula wandte sich wieder Wolf zu.

»Ich glaube, die wollten uns loswerden«, sagte Samuel, kaum dass sie sich ein paar Schritte von den beiden entfernt hatten.

»Was sich neckt, das liebt sich«, meinte Scarlett grinsend. »Denkt nur an Rhett und Scarlett, die haben auch ständig gestritten.«

»Gestritten?«, stieß Jan ungläubig aus. »Du machst Witze! Hättest du denen jeweils 'ne Knarre in die Hand gedrückt, hätten die sich gegenseitig abgemurkst.«

Samuel schmunzelte. Niemand konnte mit Scarlett befreundet sein, ohne nicht mindestens ein Dutzend Mal »Vom Winde verweht« mit ihr gesehen zu haben. In dieser Hinsicht kannte sie keine Gnade.

»Du verstehst eben nicht, was richtige Liebe ist«, sagte Scarlett verschnupft.

»Nein, natürlich nicht«, knurrte Jan. »Nur weil ich noch keine Freundin hatte, heißt das nicht ... Ach, vergesst es!« Mit düsterer Miene hastete er voraus.

»In letzter Zeit ist er aber echt empfindlich«, bemerkte Scarlett.

»Weiß auch nicht, was mit ihm los ist.« Samuel verzog das Gesicht.

»Hast du ihn mal gefragt?«

»Nee, ich will ihn ja zu nichts zwingen. Wenn er reden will, wird er es schon sagen.«

Scarlett verdrehte die Augen. »Jungs!«

Als die beiden wenig später zu Jan stießen, saß er hinter einem kleinen Schreibtisch in einem winzigen Büro, in dem Wolf und Jula gewöhnlich den anfallenden Papierkram der GIGs erledigten, und starrte angestrengt auf den Monitor, auf dem sich gerade Powerpoint öffnete. Schweigend zogen sich Samuel und Scarlett Stühle heran und setzten sich zu ihm. Eine Weile sagte niemand ein Wort, schließlich gab Jan einen leisen Seufzer von sich. »Es tut mir leid. Ich … ich hab im Moment nur so viel um die Ohren und ich …« Er brach ab und zuckte resigniert die Achseln.

»Ist doch okay«, sagte Scarlett. »Aber du weißt ja hoffentlich, dass du jederzeit mit uns reden kannst.«

Jan seufzte. »Klar, aber … na ja, ich …« Er schüttelte den Kopf. »Vergesst es einfach!«

Scarlett sah zu Samuel hinüber. »Na, mach schon«, formten ihre Lippen stumm.

Nun war es Samuel, der die Augen verdrehte. Aber irgendwie hatte Scarlett recht. Er versuchte sich bloß zu drücken. Dabei waren Freunde schließlich dafür da, um sich gegenseitig zu helfen. »Mensch, Jan, wie lange kennen wir uns jetzt schon? Sieben Jahre, oder? Du kannst mit mir über alles reden. Also, was ist los?«

»Es ist bloß ...«

»He, Leute, alles in Ordnung bei euch?« Marek kam zur Tür hereinspaziert. »Ihr macht aber Gesichter. Braucht ihr Hilfe? Ich kann euch ...«

»Wir kommen schon klar«, würgte Samuel ihn ab.

Eigentlich war Marek ein ganz netter Kerl. Aber seit er vor einem Monat achtzehn geworden und damit von Wolf offiziell zum Fahrer von Lurchi – dem schwarz-gelben Vereinsbus der GIGs – ernannt worden war, führte er sich nur zu gerne wie der große Chef auf, der alles besser wusste und konnte.

»Wie du meinst.« Marek zuckte die Schultern, dann fuhr er sich mit der Rechten durch das schwarze Haar, wie jemand, dem nichts mehr zu sagen einfiel und der so die peinliche Stille zu überbrücken versuchte. »He«, meinte er auf einmal zu Jan. »Coole Brille!«

»Ja, ja«, murmelte Jan, ohne aufzublicken. Er fluchte leise.

»Was ist?«, fragte Marek sofort.

»Ich krieg die dämliche Datei nicht auf.«

»Welche Datei?«

Scarlett warf einen Blick auf den Monitor und erklärte: »Wir wollten einen Flyer für die Green-Night-Disco entwerfen und dafür die Vorlage vom letzten Mal benutzen. Aber anscheinend lässt sie sich nicht öffnen.«

»Lass mal sehen.« Schon stand Marek hinter ihnen. »Hm, sieht nach einem Konvertierungsproblem aus. Vermutlich hat Wolf sein Powerpoint upgedatet und nun hat es Probleme mit der alten Datei.« Er beugte sich vor, um nach der Maus zu greifen. Jans Hand zuckte vor der seinen zurück, als litte Marek unter einer ansteckenden Krankheit. »Du hast mich erschreckt«, murmelte er vorwurfsvoll.

»Was, ich? Hab doch nichts gemacht.« Marek klickte ein paarmal mit der Maus herum, dann öffnete sich die Datei plötzlich. »Problem gelöst«, erklärte er strahlend.

»Du solltest Werbung für Zahncreme machen«, brummte Jan.

»Hör nicht auf ihn, Marek. Jan hat bloß schlechte Laune«, warf Scarlett ein. »Übrigens: danke!«

Marek winkte ab. »Ach, Jan«, sagte er dann. »Du wolltest mir noch ›The Day After Tomorrow‹ mitbringen.«

»Hab ich vergessen.«

»Das hast du die letzten Male auch schon gesagt«, sagte Marek enttäuscht.

»Tut mir leid, okay?«, brummte Jan, ohne aufzusehen.

»Weißt du was? Vergiss es einfach!« Marek trottete davon.

Jan löste den Blick vom Monitor und sah ihm nach. Wütend, aber auch irgendwie … Samuel wusste seinen Blick nicht zu deuten. Aus irgendeinem Grund schien Jan zornig auf Marek zu sein. Nur, warum? Samuel kräuselte die Stirn. War Marek vielleicht für Jans seltsames Verhalten in der letzten Zeit verantwortlich?

Scarlett musste einen ganz ähnlichen Gedanken gehabt haben. »Was sollte das denn gerade? Marek hat dir doch nichts getan.«

»Ich bin eben ein Idiot, klar?« Damit schien das Thema für Jan erledigt.

Nachdem das Treffen der GIGs zu Ende war, verließen die drei die Villa. Mit dem Bus fuhren sie zum Clodwigplatz und wechselten in die Straßenbahn. Sie blieben bei der Tür stehen, weil fast alle Sitze besetzt waren. »Ich steig am Barbarossaplatz wieder aus«, sagte Scarlett. »Ich treff mich ja noch mit Mara, wir wollen die City unsicher machen.« Sie gab Samuel einen Abschiedskuss, da die Bahn bereits langsamer wurde.

»Ich ... ich hab auch noch was vor«, sagte Jan plötzlich.

Samuel sah ihn fragend an. »Davon hast du gar nichts gesagt.«

»Ich ...« Die Bahn hielt ruckelnd und die Türen öffneten sich. »Sorry, ich muss los.« Er hastete raus.

Scarlett hob die Schultern und folgte Jan nach draußen.

Durch die sich schließende Tür beobachtete Samuel, wie er davoneilte, als wollte er um jeden Preis vermeiden von Scarlett eingeholt zu werden. Die Bahn fuhr los und Samuel setzte sich auf einen Platz in der Nähe, der frei geworden war. Er nahm es Jan nicht ab, dass er eine Verabredung hatte. Die ganze Zeit über hatte er nichts davon gesagt. Sicher war es nur eine Ausrede, um sich aus dem Staub machen zu können. Hatte Jan etwa Angst, er würde ihm weitere Fragen stellen?

Samuel seufzte.

Wenn schon Ärger aufzog, dann kam's immer

gleich dicke – und zwar von allen Seiten. Der Psychoterror gegen ihn und seine Familie, Jan, der immer seltsamer wurde … Samuel hoffte bloß, dass sein bester Freund nichts Dummes angestellt hatte. Er nahm doch wohl keine Drogen? Er stellte sich Marek als Drogendealer vor. Richtig passen wollte es nicht. Andererseits kannte er Marek auch wieder nicht so gut, um es ausschließen zu können. Außerdem hatte er erst vor Kurzem seinen Führerschein gemacht und von irgendwoher musste das Geld dafür ja kommen.

Die Bahn hielt wieder und Samuel stieg aus. Eigentlich hätte er noch ein Stück weiterfahren können, aber er hatte sich entschlossen den Rest des Weges zu Fuß zu gehen. So konnte er besser nachdenken und ein bisschen frische Luft würde ihm auch nicht schaden. Samuel war gerade in die Straße gebogen, in der er wohnte, als er plötzlich stehen blieb. Mit gerunzelter Stirn drehte er sich um. In der Ferne sah er einen dunkelblauen Wagen, der langsam die Straße entlangfuhr. Zu langsam. Hier war schließlich nicht Zone dreißig.

Samuel biss sich auf die Unterlippe. Er hatte ein ungutes Gefühl, was dieses Auto anging. Er musste daran denken, dass heute Nachmittag nach dem Handball-Training ein dunkelblauer Wagen vor der Sporthalle geparkt hatte. Zufall? Wenn er sich nur an das Modell erinnern könnte. Andererseits waren dunkelblaue Autos nicht unbedingt eine Seltenheit in der Großstadt.

Mann, was ist nur los mit dir?, dachte er mit einem Mal.

Woher kam dieses Misstrauen? So war er sonst nie gewesen!

Samuel seufzte leise.

Der gefälschte Abschiedsbrief war schuld. Zwar hatte er in den letzten Tagen kaum mehr einen Gedanken an ihn verschwendet, aber unter der Oberfläche musste er weiter an ihm genagt haben. Kein Wunder, dass er ein wenig nervös war.

Er blickte wieder zurück. Das Auto kam immer noch näher.

Eigentlich brauchte er nur stehen zu bleiben und abzuwarten, dann würde der Wagen früher oder später an ihm vorbeifahren müssen. So konnte er sichergehen, dass der Fahrer ihn nicht verfolgte. Kaum hatte er den Gedanken zu Ende gedacht, hielt das Auto und wendete. Anschließend fuhr es mit normaler Geschwindigkeit in entgegengesetzter Richtung davon.

Samuel war sich nicht sicher, ob er deswegen erleichtert oder besorgt sein sollte. Einerseits konnte der Fahrer einfach nach etwas gesucht und es nicht gefunden haben und hatte darum umgedreht. Andererseits konnte ihm auch aufgefallen sein, dass er von Samuel entdeckt worden war, und hatte deshalb die Fliege gemacht. War das vielleicht derjenige gewesen, der hinter dem gefakten Abschiedsbrief steckte?

Samuels Augen wurden schmal. Was hatte der jetzt schon wieder gewollt?

Langsam setzte er sich wieder in Bewegung. Samuel fiel ein, dass Kolwiz, ihr Nachbar von gegenüber, einen dunkelblauen Audi fuhr. Er hatte Samuel noch nie leiden können. Aber wenn er im Wagen gesessen hatte, warum war er dann nicht einfach an Samuel vorbei nach Hause gefahren? Dafür gab es keinen vernünftigen Grund. Andererseits passten »vernünftig« und »Kolwiz« genauso wenig zueinander wie »Tropeninsel« und »Schneelawine«. Kolwiz war einfach ein merkwürdiger Kauz. Ständig hatte er schlechte Laune und beschimpfte jeden, der das Pech hatte, seinen Weg zu kreuzen. Auf Samuel hatte er es allerdings besonders abgesehen. Warum auch immer. Vielleicht konnte er keine Teenager leiden. Oder … er hatte etwas gegen Schwarze!

4

Am Samstagmorgen wurde Samuel von warmen Sonnenstrahlen geweckt, die durch die Spalten in seinem Rollladen drangen. Er gähnte und streckte sich ausgiebig und dachte dabei an Scarlett. Er hatte von ihr geträumt. Von ihrem duftenden schwarzen Haar, ihren großen, warmherzigen Augen.

Samuel sprang aus dem Bett. Nur rasch ins Bad, ein paar frische Klamotten übergeworfen und dann einen Happen frühstücken.

Auf dem Weg nach unten ging er seine Pläne für den heutigen Tag durch. Nach dem Frühstück war erst mal der Rasen dran, das hatte er seinem Vater versprochen. Und um eins würde er sich mit Scarlett, Jan und Mara treffen. Sie wollten ins Freibad. Der Wetterfrosch im Fernsehen hatte für das ganze Wochenende Sonne angekündigt. Ausnahmsweise schien er heute mal richtig zu liegen. Bisher war der Juli nämlich alles andere als sommerlich gewesen.

In der Küche saß seine Mutter mit bleicher Miene am ungedeckten Frühstückstisch. Die Rechte hielt sie auf den Mund gedrückt, als wäre ihr übel oder als versuche sie einen Aufschrei zurückzuhalten. Und ihr langes blassblondes Haar, das sie sonst immer hochgesteckt hatte, fiel ihr in wirren Strähnen auf die Schultern. Bei ihrem Anblick blieb Samuel so unverhofft stehen, als wäre er gegen eine unsichtbare Wand geprallt. Noch immer sah seine Mutter nicht auf. Sie schien sein Kommen nicht bemerkt zu haben.

Was ist jetzt schon wieder los?, dachte Samuel halb verzweifelt, halb ärgerlich. Der Tag hatte so vielversprechend begonnen … »Wo ist Dad?« Er brachte es nicht fertig zu fragen, was mit ihr los war. Vielleicht, weil er nicht sehen wollte, wie sie auch noch in Tränen ausbrach.

Beim Klang seiner Stimme war seine Mutter zusammengezuckt. Sie starrte ihn an, aus großen, feuchten Augen. Dann öffnete sie den Mund, aber kein Ton kam ihr über die Lippen. Schließlich deutete sie mit zittriger Hand in Richtung Wohnzimmer. Ohne ein weiteres Wort drehte sich Samuel um und stürmte aus dem Raum.

Als er ins Wohnzimmer kam, stockte ihm der Atem. Blut! So viel Blut! Die ganze Glasfront der Terrasse war damit beschmiert. Es sah aus, als hätte jemand mit Blut gefüllte Wasserbomben dagegengeworfen. Stumm blieb Samuel neben seinem Vater stehen, der nicht fähig schien, die Augen davon abzuwenden. Tatsächlich ging eine gewisse Faszination von dem Anblick aus. Im Licht der Sonne, das direkt durch die Fenster einfiel, schimmerte das Blut wie eine Mauer aus rubinroten Flammen.

»Wer … was …«, stammelte Samuel.

Sein Vater wandte ihm das Gesicht zu. Seine dunklen Augen blickten unbestimmt. »Ich habe gerade mit Oberkommissarin Lerchinger telefoniert und ihr die Sache geschildert. Sie wird mit ein paar Kollegen von der Spurensicherung vorbeikommen. So lange sollen wir nichts anfassen oder verändern.«

»Ist das Menschenblut?«

»Ich bin mir nicht sicher.«

»Es ist so viel«, stöhnte Samuel.

Sein Vater nickte. »Es muss Tierblut sein! Es muss einfach!«

»Hat Ma es schon gesehen?« Dummkopf, schalt sich Samuel in Gedanken. Sie musste es gesehen haben, so wie sie ausgeschaut hatte.

»Sie hat es entdeckt und mich sofort geweckt. Sie war völlig außer sich. Ich habe ihr erst einmal was zur Beruhigung gegeben.« Samuels Vater seufzte und legte seinem Sohn die Hand auf die Schulter. »Alles in Ordnung, Sam? Ich meine, geht es dir gut? Ach, was für eine Frage. Natürlich nicht.«

»Ist schon okay, Dad.«

Sein Vater schüttelte den Kopf. »Warum? Ich versteh das nicht. Ich ...« Er starrte weiterhin auf das Blut. Plötzlich veränderten sich seine Züge, verzerrten sich zu einer Maske der Wut. Er drehte sich um, ergriff die Vase mit den künstlichen Sonnenblumen, die hinter ihm auf der Anrichte stand, und schleuderte sie durch das Wohnzimmer. Als sie auf die Wand traf, gab es ein helles, klirrendes Geräusch, wie wenn sich im Winter Eiszapfen vom Dach lösen und auf dem Bürgersteig zerschellen.

Samuel starrte ihn fassungslos an. Einen solchen

Gefühlsausbruch hatte er bei seinem Vater noch nie erlebt. Noch nie!

Sein Vater blickte auf den Scherbenhaufen, räusperte sich und erklärte in einem überraschend sachlichen Ton: »Entschuldige mich bitte.« Er verließ das Wohnzimmer.

Samuel konnte seine Schritte durch den Flur hallen hören. Kurz darauf schlug eine Tür zu und es wurde still. Unangenehm still.

Na klar, mal wieder typisch, dachte Samuel. Sobald es Probleme gab, verkroch sich sein Vater in sein Arbeitszimmer, anstatt darüber zu reden.

Knapp fünfzehn Minuten später klingelte es an der Haustür. Samuel öffnete. Es war Oberkommissarin Lerchinger in Begleitung eines hochgewachsenen Mannes, den sie als ihren Partner vorstellte. Seinen Namen bekam Samuel in der Aufregung nicht mit. Genauso wenig wie die der beiden Männer von der Spurensicherung, die hinter der Oberkommissarin standen. Einer war mit einer teuer aussehenden Kamera bewaffnet, der andere trug einen silberfarbenen Metallkoffer bei sich.

Samuel winkte sie herein und führte sie ins Wohnzimmer. Die Spurentechniker legten sofort los. Sie machten Fotos und nahmen Proben des Blutes, das in der Morgensonne bereits zu trocknen begonnen hatte, sodass es stellenweise bereits eine rostbraune Färbung aufwies. Samuel erinnerte der Anblick an alten Ketchup. Er würgte. In der nächsten Zeit würde er so schnell keinen Ketchup mehr essen.

»Was ist, Decker?«, rief Oberkommissarin Lerchinger einem Kollegen von der Spurensicherung zu, der draußen auf der Terrasse war und etwas in Augenschein nahm, das dort auf dem Boden lag. »Schon was entdeckt?«

Der Mann antwortete nicht gleich, sondern griff in seinen Metallkoffer, um etwas herauszunehmen. Für Samuel sah es wie eine riesige Pinzette aus, mit der er nun in irgendetwas zu seinen Füßen herumstocherte. »Ziemliche Schweinerei hier draußen«, brummte er.

»Ist nicht zu übersehen«, erwiderte die Oberkommissarin. »Was sonst noch?«

»Hier liegen mehrere aufgeplatzte Plastikbeutel«, sagte der Mann von der Spurensicherung. »Ich schätze mal, dass darin das Blut transportiert wurde.«

»Okay, verstehe. Ich möchte, dass eine Probe zur Sofortanalyse ans Labor geht. Wir müssen wissen, um was für Blut es sich handelt!«

Samuel schluckte. »Denken Sie, es könnte von einem Menschen sein?«

Bevor die Oberkommissarin antworten konnte, betrat Samuels Vater das Wohnzimmer. »Ich habe gerade nach meiner Frau gesehen«, sagte er entschuldigend. »Dabei muss ich die Klingel wohl überhört haben. Tut mir leid.« Er reichte der Kommissarin und ihrem Kollegen die Hand.

Samuel musterte seinen Vater. Er wirkte wieder vollkommen gefasst. Aber warum hatte er gelogen? Er war doch in seinem Arbeitszimmer gewesen.

»Ich nehme an, Sie wollen mit meiner Frau sprechen. Sie war diejenige, die diese«, er sah kurz zur Terrasse, »diese Abscheulichkeit entdeckt hat.«

»Wir werden mit jedem von Ihnen sprechen müssen«, sagte die Oberkommissarin. »Aber fangen wir ruhig mit Ihrer Frau an.«

Sie gingen in die Küche, wo Samuels Mutter noch immer am Küchentisch saß. Es schien ihr keinen Deut besser zu gehen. Die Oberkommissarin setzte sich ihr gegenüber und erkundigte sich höflich nach ihrem Befinden.

Samuels Mutter zuckte nur die Achseln.

Nun holte die Kommissarin einen Notizblock hervor und begann mit der Befragung. »Sie haben das Blut als Erste entdeckt, Frau Weyden, ist das richtig?«

Sie nickte träge. Ihr Blick war immer noch in die Ferne gerichtet, als nähme sie ihre Umgebung kaum war. »Ich wollte Frühstück machen. Und weil so schönes Wetter war, dachte ich, wir könnten genauso gut draußen auf der Terrasse sitzen.« Die Worte kamen ihr zähflüssig wie Sirup über die Lippen. »Und als ich das Wohnzimmer betrat, da sah ich es.«

»Sie müssen einen ordentlichen Schreck bekommen haben.«

»Einen Schreck?« Samuels Mutter lachte bitter auf. »Ich dachte … Ach, ich weiß nicht, was ich dachte. Ich sah dieses Blut und mir wurde übel. Meine Knie zitterten und ich schaffte es gerade noch ins Bad, bevor ich mich übergeben musste.«

Decker und sein Kollege von der Spurensicherung betraten die Küche. »Wir sind dann weg, Isabel«, wandte er sich an die Kommissarin. Er nickte Samuels Vater zu. »Wir finden schon allein raus!«

»Meldet euch, sobald ihr was habt«, sagte Oberkommissarin Lerchinger. Anschließend wandte sie sich wieder Samuels Mutter zu. »Entschuldigen Sie die Unterbrechung.« Sie blickte auf ihren Notizblock, um sich zu vergewissern, wo sie gerade unterbrochen wurden. »Nun, Frau Weyden, ist Ihnen außer dem Blut noch etwas anderes aufgefallen? Haben Sie jemanden im Garten gesehen, bevor Ihnen übel wurde?«

Samuels Mutter dachte einen Moment lang über die Frage nach. »Nein«, sagte sie dann. »Sonst nichts. Da war auch niemand. Nur das Blut ... Überall.«

Nachdem die Kommissarin auch Samuel und seinen Vater befragt hatte, die auch nicht mehr zu sagen wussten, trat für eine Weile Stille in der Küche der Weydens ein. Plötzlich stand Samuel auf und begann für sie alle Kaffee zu kochen. Er hatte seit dem Aufstehen noch nichts getrunken und inzwischen einen ganz trockenen Mund vom vielen Reden. Außerdem musste er sich irgendwie ablenken. Immer wieder warf er nervöse Blicke auf das Handy von Oberkommissarin Lerchinger, das vor ihr auf dem Tisch lag. Wie lange würde es wohl dauern, bis sie das Ergebnis der Blutprobe kannten?

Nach etwas mehr als einer Stunde kam endlich der erlösende Anruf aus dem Labor der Spurensicherung.

Es war Schweineblut.

Samuel atmete erleichtert auf.

»Gott sei Dank«, murmelte seine Mutter neben ihm und schnäuzte sich die Nase.

»Tja, dann wäre das erst mal alles gewesen«, sagte die Kommissarin und steckte ihr Handy fort.

Samuel und sein Vater begleiteten sie und ihren

Partner zur Haustür. »Ich werde später noch Kollegen von der Streife vorbeischicken, um sich bei Ihren Nachbarn umzuhören. Vielleicht haben wir Glück und jemand hat etwas beobachtet.« Sie klang nicht sehr zuversichtlich. »Sollte sich was ergeben, werde ich mich bei Ihnen melden.«

Samuel blickte den beiden Kriminalbeamten nach, bis sein Vater die Haustür schloss. »Und jetzt?«, fragte er.

Sein Vater musterte ihn fragend. »Was meinst du?«

»Was schon?«, rief Samuel ungehalten. »Vor einer Woche dieser Brief und heute *das*. Was hast du jetzt vor?«

»Ich versteh nicht, was du meinst.«

»Das alles ist doch kein Scherz mehr. War es nie! Jemand, der so etwas macht, muss total durchgeknallt sein!«

»So, glaubst du das?« Sein Vater blickte zur Seite, als dächte er über Samuels Worte nach. Oder versuchte er nur seinem Blick auszuweichen? »Du interpretierst mehr in die Sache hinein, als wirklich dahintersteckt«, sagte er schließlich.

»Du machst Witze!«, entfuhr es Samuel, der seinen Ohren nicht trauen wollte. Mit einem Mal wurden seine Augen schmal. »Du sagst das nur, weil du mich nicht beunruhigen willst, nicht wahr? Aber in Wirklichkeit denkst du das Gleiche wie ich. Das alles passiert nur wegen mir.«

»Wa-as?« Sein Vater starrte ihn entgeistert an. »Wie kommst du nur darauf?« Seine Brauen zogen sich zusammen, um sich an der Nasenwurzel zu treffen. »Du verheimlichst mir doch nichts, oder? Wenn du mit jemandem Ärger hast, musst du es mir sagen!«

»Blödsinn!« Samuel hatte die Arme vor der Brust verschränkt. »Ist es denn nicht offensichtlich? Es ist, weil ich schwarz bin.«

»Mach dich nicht lächerlich!«

»Es ist Kolwiz.«

»Wir leben seit sieben Jahren hier«, unterbrach ihn sein Vater unwirsch. »In der ganzen Zeit hatten wir noch nie Ärger mit den Nachbarn. Warum sollte sich das plötzlich ändern?«

»Was weiß ich!«, fauchte Samuel. »Kolwiz konnte mich noch nie leiden. Ich wette, er hasst Schwarze!«

»Unsinn! Kolwiz kann niemanden leiden. Vor ein paar Wochen hat er mich angeblökt, weil ich angeblich unseren Sperrmüll zu seinem gestellt habe.«

»Was das angeht, hatte er recht. Ich hab selbst gesehen, wie du unsere alte Garderobe auf seinen Müll geworfen hast. Aber ich habe ihm nie etwas getan, trotzdem grüßt er mich nicht einmal. Egal wie freundlich ich zu ihm bin. Der Kerl ist ein Rassist, ganz klar!«

»Da ist eine harte Anschuldigung, mit der du nicht leichtfertig um dich werfen solltest«, entgegnete sein Vater streng. »In deinem Alter ist es normal zu denken, dass alle Welt es auf einen abgesehen hat. Das gibt dir jedoch noch lange nicht das Recht, Kolwiz zum Sündenbock zu machen. Du hast ja nicht mal einen Beweis!«

»Ja, klar! Jetzt leide ich unter Verfolgungswahn, was?«

»Herrgott, Samuel, das hab ich damit gar nicht sagen wollen.« Sein Vater seufzte. Plötzlich sah er unendlich müde aus. Ausgezehrt und krank, als hätte dieser kleine Streit all seine Kraft aufgebraucht. »Ich mach mir auch Sorgen. Das musst du mir glauben! Aber du weißt doch selbst am besten, wie schnell andere Menschen mit Vorurteilen bei der Hand sind. Ich dachte immer, du wolltest nicht den gleichen Fehler wie die machen. Und ja, Kolwiz ist ein alter Nörgler, der alle Welt zu hassen scheint. Und ja, ich mag ihn auch nicht. Allerdings würde ich ihn deswegen nicht gleich für einen Psychopathen oder Rassisten halten.«

»Was ist denn hier los?«

Samuel sah an seinem Vater vorbei. Am Ende des Flurs stand seine Mutter im Durchgang zur Küche. Sie hatte ihre Stirn missbilligend gerunzelt. Dafür machte sie einen weitaus gefassteren Eindruck als noch vorhin.

»Nichts, Liebes«, sagte Samuels Vater und lächelte beschwichtigend. »Wir haben uns nur unterhalten.«

»Für mich hörte sich das eher nach einem Streit an.«

»Dad hat recht, es ist nichts.«

Samuel wollte nicht, dass sie sich jetzt auch noch ihretwegen sorgte. Als er sie vorhin in der Küche so verwirrt und verletzlich erlebt hatte, war das für ihn wie ein Schlag ins Gesicht gewesen. Noch nie hatte er sie so gesehen.

Er kratzte sich nervös an der Nase. Die Erkenntnis, dass Eltern im Grunde genauso schwach und hilflos wie andere Menschen waren, fühlte sich irgendwie unangenehm an.

»Ich geh dann mal in mein Zimmer.«

Als Samuel zwei Stunden später zu der Verabredung mit seinen Freunden aufbrach, hatte er beschlossen, ihnen nichts von dem Vorfall zu erzählen. Scarlett würde ausrasten, wenn sie davon erfuhr. Besonders, wenn sich herausstellen sollte, dass jemand es auf ihn abgesehen hatte. Sie würde ihn glatt für den Rest seines Lebens in sein Zimmer einsperren. Aber selbst wenn es so sein sollte und dieser Psycho ihn im Visier hatte, war es ganz und gar nicht Samuels Art, sich zu verkriechen. Genau das wollte derjenige mit seinem Terror doch erreichen. Wäre der Psycho auf eine Konfrontation aus, würde er nicht dieses armselige Spiel spielen, sondern wäre Samuel offen entgegengetreten.

Um halb eins packte Samuel die Schwimmsachen in seine Sporttasche und ging nach unten. Als er sich der Haustür näherte, fragte hinter ihm eine besorgt klingende Stimme: »Wo willst du hin?«

Es war seine Mutter.

»Ich treff mich mit den anderen. Wir wollen ins Freibad. Aber das hab ich dir gestern schon erzählt.«

»Aber was ist …« Seine Mutter verstummte, als Samuels Vater aus seinem Arbeitszimmer kam. Er ging zu ihr und legte den Arm um sie. »Na, geh schon«, sagte er zu Samuel. »Ich wünsch dir viel Spaß!«

Samuel nickte ihm und seiner Mutter zu und verschwand nach draußen. Während er die Haustür hinter sich zuzog, hörte er seine Mutter fragen: »Aber was ist, wenn er recht hat? Wenn derjenige es auf ihn abgesehen hat?«

Samuel verharrte. Ja, was dann, Dad?

»Das hat bestimmt nichts mit ihm zu tun.«

»Was macht dich so sicher?« Die Stimme seiner Mutter wurde leiser. Anscheinend entfernten sie sich von der Haustür.

»Ich glaub das einfach nicht und …«

Den Rest konnte Samuel nicht mehr verstehen. Behutsam zog er die Tür zu. Seine Eltern sollten nicht merken, dass er gelauscht hatte. Als er draußen vor dem Haus stand, holte er tief Luft. Er war ein wenig nervös. War der Psycho noch hier irgendwo? Na, mach schon, Sam!, sagte er sich. Alles im grünen Bereich! Samuel sah zu Kolwiz' Haus hinüber, ließ den Blick über jedes der Fenster schweifen. Kein Schatten, keine Regung. Nichts verriet, ob er von dort beobachtet wurde.

Auf dem Weg zur Bushaltestelle warf er immer wieder Blicke zurück. Kein blaues Auto, das ihm folgte. Nach der Tat von heute Morgen hielt sich der Psycho die nächsten Tage sicher zurück. Genauso wie nach der gefakten Selbstmorddrohung. Also blieb ihm erst einmal eine Verschnaufpause.

Als Samuel auf seine Freunde traf, versuchte er sich zu geben wie immer. Anfangs lenkte ihn der Besuch im Freibad ab. Er tollte mit den anderen im Wasser herum und schwamm mit Mara – die eine ausgezeichnete Schwimmerin war – um die Wette. Aber mit der Zeit ertappte er sich immer öfter dabei, wie er in Gedanken abschweifte, um über den Vorfall vom Morgen nachzudenken. Jan, der sich weiterhin mit seinen eigenen Problemen herumschlug, fiel das nicht weiter auf. Er lachte zwar wieder mehr als die Tage zuvor, trotzdem schien auch er nicht ganz bei der Sache zu sein. Oft genug zog er seine Bahnen alleine durch das Becken.

»Was ist mit dir?«, fragte Scarlett, die plötzlich neben ihm aufgetaucht war.

Samuel erschrak so heftig, dass er aus dem Takt geriet und Wasser schluckte. Angewidert spukte er es aus. »Ich dachte, du und Mara wolltet ein Wettschwimmen machen?«, grummelte er.

»Haben wir auch und ich hab gewonnen. Also, was ist?«

»Was sollte sein?« Er zwang sich zu einem Lächeln.

Scarlett schob sich eine feuchte Haarsträhne aus dem Gesicht, kam näher und schlang ihre Arme um seinen Hals. »Hm, das weiß ich nicht. Darum frag ich ja.«

Samuel musste nun kräftiger mit den Beinen strampeln, um sie beide über Wasser zu halten. »Es ist nichts. Ehrlich, alles in Ordnung.«

»Lügner!« Aber plötzlich lachte sie und tauchte ihn unter Wasser. Einen Augenblick später kehrte er prustend an die Oberfläche zurück. »Na, warte«, sagte er, »das gibt Rache!«

Scarlett wich grinsend zurück, dann spritzte sie ihn nass und schwamm davon. »Dafür musst du mich erst mal kriegen!«

Samuel kraulte ihr hinterher.

»Hilf mir, Mara«, rief Scarlett keuchend.

»Hilf dir selbst, Schätzchen. Die Suppe hast du dir eingebrockt! Ich hab Besseres zu tun.«

Scarlett folgte ihrem Blick und sah einen Typen, der

mit ein paar Freunden auf dem Beckenrand saß und auffällig in Maras Richtung starrte.

»Hab ich dich«, rief Samuel und ergriff Scarlett von hinten bei den Schultern, um sie zu sich umzudrehen.

»Das ist nicht fair«, maulte sie. »Ich war abgelenkt.«

»Ausreden!«

»Ihr könnt die Finger echt nicht voneinander lassen, was?«, bemerkte Jan spöttisch, der wieder zu ihnen gestoßen war.

»Und wo hast du gesteckt?«, fragte Mara spitz. »Warst du auf Brautschau?«

Jan wurde rot. »Ich bin bloß 'n bisschen rumgeschwommen.«

»Werd ich jetzt auch tun«, erklärte Mara und entfernte sich prompt Richtung Beckenrand, wo der Typ, der sie schon die ganze Zeit angestarrt hatte, gerade ins Wasser gesprungen war.

Nach zehn Minuten kehrte sie zu ihnen zurück.

»Was ist, hast du seine Nummer?«, wollte Scarlett sofort wissen.

Mara winkte ab. »Der Typ sah zwar nicht schlecht aus, war aber die totale Null: ›Hey, hab dich die ganze Zeit beguckt. Siehst voll verschärft aus, echt!‹«, äffte sie ihn nach.

Samuel, Scarlett und Jan prusteten los.

»Das Beste kommt erst noch«, fuhr sie entnervt fort. »Ich wollte mich gerade wieder davonmachen, da zwinkert er mir auf diese typisch machomäßige Art zu, die einem das Frühstück hochwürgt, und meint: ›Ich hab da was für dich. Drüben inner Umkleide. Voll krass! Da fall'n dir die Augen aus'm Kopf!‹ Und dann hat der Arsch tatsächlich versucht mir seine Zunge in den Hals zu stecken.«

»Und?«, platzte Scarlett heraus. »Was hast du gemacht?«

»Ich hab mein süßestes Lächeln aufgesetzt und ihm erklärt, dass er nichts mehr zum Herzeigen hat, sollte er das jemals wieder versuchen. Obwohl … küssen konnte er wirklich gut!«

Samuel grinste. »Ich schätz mal, er war anschließend ein winziges bisschen stinkig auf dich.«

»Wie kommst du bloß darauf?« Sie lachte. »Jedenfalls hat er so richtig meisterlich gekontert: ›Fick dich selbst, Alte!‹ Und dann ist er abgezogen.«

Als Samuel gegen Abend wieder nach Hause zurückkehrte, öffnete ihm seine Mutter von innen die Tür, als er den Schlüssel gerade ins Schloss stecken wollte. Sie musste hinter dem Vorhang gestanden und auf ihn gewartet haben.

»Hattest du Spaß?«, fragte sie in einem Tonfall, der wohl locker klingen sollte, aber nur gezwungene Fröhlichkeit zum Ausdruck brachte.

Er nickte. »Wo steckt Dad? Wart ihr den ganzen Tag zu Hause?«

»Nachdem du gegangen warst, hat sich dein Vater in sein Arbeitszimmer zurückgezogen. Du kennst ihn ja. Selbst am Wochenende muss er arbeiten.«

»Ich bring mal meine Sachen nach oben.« Als Samuel am Wohnzimmer vorbeikam, läutete das Telefon. »Ich geh schon«, rief er seiner Mutter zu, die bereits auf dem Weg in die Küche war. Er hob ab. »Samuel Weyden.«

Stille. Dann ein Klicken.

Vermutlich verwählt, dachte Samuel und legte wieder auf. Sofort klingelte das Telefon wieder. Also schön, dachte er gereizt, zweiter Versuch. »Samuel Weyden.«

»Guten Tag, hier spricht Oberkommissarin Lerchinger.«

»Guten Tag«, sagte Samuel.

»Ist Ihr Vater in der Nähe?«

»Er ist in seinem Arbeitszimmer, aber ich kann ihn …«

»Schon gut«, unterbrach ihn die Oberkommissarin. »Was ich zu sagen habe, können Sie ihm genauso gut von mir ausrichten. Ich habe vorhin mit den Kollegen von der Spurensicherung gesprochen. Die Plastikbeutel, in denen das Schweineblut transportiert wurde, wiesen keine Fingerabdrücke auf. Genauso wie der gefälschte Abschiedsbrief. Und von Ihren Nachbarn will keinem was Ungewöhnliches aufgefallen sein.«

Vielleicht gab's auch nichts Ungewöhnliches zu sehen, weil der Psycho kein Fremder ist, sagte sich Samuel und dachte wieder an Kolwiz. »Ich richte es meinen Eltern aus.«

»Tut mir leid, dass ich keine besseren Nachrichten habe«, fuhr die Kommissarin fort. »Allerdings werde ich mich mal in den umliegenden Schlachtereien umhören, ob dort jemand in den letzten Tagen eine größere Menge Schweineblut gekauft hat.«

»Vielen Dank«, sagte Samuel, dem nichts Besseres dazu einfiel.

»Machen Sie sich allerdings keine allzu großen Hoffnungen. Das Blut könnte von sonst wo stammen.« Sie zögerte. »Eigentlich gehört dieser Fall nicht länger in meinen Zuständigkeitsbereich, da kein Kapitaldelikt vorliegt. Es war schließlich nur Tierblut. Ich werde trotzdem zusehen, was ich tun kann. Die Sache will mir nicht gefallen!«

Samuel legte auf und verzog den Mund. Das Zusammensein mit seinen Freunden hatte ihm gut getan. Jetzt, nach dem Telefonat mit der Oberkommissarin, war das alles wieder hinfällig. Wenn sie schon Bedenken hatte, sollte er die Vorfälle vielleicht etwas ernster nehmen, als er es bisher getan hatte.

»Wer war das?«, rief seine Mutter aus der Küche.

Samuel ging zu ihr und erzählte ihr von dem Gespräch. Anschließend zog er sich auf sein Zimmer zurück. Er warf die nassen Schwimmklamotten in den Wäschekorb, die Sporttasche verstaute er im Kleiderschrank. Plötzlich blieb er mitten im Raum stehen, holte tief Luft und schloss für einen Moment die Augen. Es war ihm alles andere als leichtgefallen, seinen Freunden etwas vorzumachen. Aber nach wie vor glaubte er, dass es die richtige Entscheidung gewesen war. Er hatte es schließlich für Scarlett getan.

Seufzend ging er an dem Regal mit seiner DVD-Sammlung aus Science-Fiction-Filmen vorbei und blieb vor dem Fenster stehen. Es war ein herrlicher Tag gewesen. Zumindest was das Wetter anging. Samuel sah hinüber zum Nachbargrundstück, wo Frau Ruben gerade die Einfahrt fegte. Ihm fiel ein, dass er eigentlich den Rasen hatte mähen wollen.

Morgen, sagte er sich. Oder irgendwann anders!

Samuel ging zu seinem Bett und ließ sich darauffallen. Auf dem Rücken liegend starrte er an die Zimmerdecke, ohne sie jedoch wirklich zu sehen. Plötzlich schnaubte er. Was stimmte nicht mit dieser Welt? Und was war mit Jan? Da war eine Distanz zwischen ihnen, die es früher nicht gegeben hatte. Für einen Moment kam Samuel der erschreckende Gedanke, Jan könnte etwas mit dem Terror gegen ihn zu tun haben. Rasch verwarf er ihn wieder. Das konnte einfach nicht sein, schließlich waren sie beste Freunde.

5

»Blödmann«, schnappte Scarlett. »Warum hast du gestern nichts gesagt?«

Samuel, der auf seinem Bett hockte, blickte verständnislos in die Gesichter seiner Freunde. Scarletts Augen waren schmal und funkelten vor Zorn. Mara hatte die Arme vor der Brust verschränkt und Jan musterte ihn vorwurfsvoll mit hochgezogener Braue. »Ihr seid gerade mal eine Minute hier und schon ...«

»Wie lange wolltest du das vor mir ... vor uns verheimlichen?« Scarlett reckte provozierend das Kinn vor. »Nun spuck's schon aus!«

»Wovon redest du, bitte?«, brummte Samuel, dem Übles schwante.

»Das weißt du genau!« Mara bohrte ihm ihren Zeigefinger in die Brust. »Meine Mutter hat es von eurer Nachbarin. Sie und meine Ma gehen zusammen in diesen Töpferkurs. Hast du etwa gedacht, du könntest es vor uns geheim halten, dass die Polizei jetzt schon zum zweiten Mal bei euch war?«

Sie hatten es also herausgefunden. Samuel seufzte. »Ich wollte es euch ja erzählen, aber ich dachte, na ja, ich ...« Er warf Scarlett einen um Verständnis heischenden Blick zu. »Ich wollte eben nicht, dass ihr euch unnötig Sorgen macht.«

»Unnötig Sorgen macht?« Scarletts Stimme hatte einen schrillen Ton angenommen. Eine deutliche Warnung. Samuel musste auf der Hut sein. Noch ein falsches Wort und Scarlett würde hochgehen wie eine Rakete.

»Das hättest du echt nicht tun sollen«, sagte Jan. »Wir sind doch Freunde.«

»Das musst du gerade sagen!«, fuhr ihn Samuel an. »Wer von uns läuft denn schon seit Monaten mit einem Gesicht rum, als würde gleich die Welt untergehen, hä?«

Jan wurde rot. »Das ist was anderes.« Er schien noch mehr sagen zu wollen, presste dann jedoch die Lippen zusammen und wandte den Blick ab.

»Nun rück schon mit der Sprache raus«, zischte Mara. »Ist es wahr, was meine Mutter erzählt hat?«

»Wenn du mit deinem Finger noch ein Stück tiefer bohrst, wirst du bald wissen, was ich gefrühstückt habe.« Samuel schlug ihre Hand beiseite. »Und keine Ahnung, ob es wahr ist. Dafür müsste ich wissen, was sie dir gesagt hat.«

»Was schon«, entfuhr es Scarlett ungehalten. »Sie hat ihr von dem Blut auf eurer Terrasse erzählt. Was dachtest du?«

»Reg dich wieder ab. Es war nur Schweineblut.«

»Und wenn schon!« Scarlett packte ihn beim Kinn und drehte sein Gesicht, sodass sie ihm in die Augen blicken konnte. »Das ändert nichts daran, dass das eine absolut widerliche Aktion von jemandem war, der völlig irre sein muss.« Sie sagte das mit einem Ernst in der Stimme, wie ihn Samuel nie zuvor an ihr kennengelernt hatte. »Wenn der dir oder deiner Familie etwas antut … Ach, Samuel, allein bei der Vorstellung dreh ich fast durch! Will das denn nicht in deinen verdammten Dickschädel rein?«

Samuel starrte sie an. Ein wenig überrascht, aber auch ein wenig erschrocken. Egal, wie lange man mit einem Mädchen zusammen war, ein wenig rätselhaft blieben sie einem immer. Aber gerade hatte er zum ersten Mal das Gefühl gehabt, genau zu verstehen, was in Scarlett vorging. Die Art, wie sie ihn angeschaut hatte. Scarlett sorgte sich nicht einfach nur, sie hatte wirklich Angst um ihn. Vielleicht mehr noch als er selbst. Wie sehr sie ihn lieben musste! Und plötzlich war er wieder ganz ruhig. All sein Ärger war verflogen. Er nahm ihre Hände in die seinen. »Sieh mal«, sagte er, »wenn dieser Psycho mir etwas tun wollte, dann hätte er es längst getan. Wozu diese Spielchen? Da kann doch nur ein Hasenfuß dahinterstecken, der jeder offenen Konfrontation aus dem Weg geht. Meinst du nicht auch?«

»Ich weiß nicht.«

Er sah zu Jan und Mara rüber. »Und ihr?«

Jan zuckte die Schultern. »Nur: Wozu macht er es dann überhaupt?«

»Warum hat van Gogh sich ein Ohr abgeschnitten?«, erwiderte Samuel. »Keine Ahnung, was im Kopf eines Irren vorgeht. Und wie ich schon einmal gesagt hab: Der macht das nur, weil er sich an unserer Angst aufgeilen will. Sobald er merkt, dass meine Eltern und ich weitermachen wie bisher, wird er ganz schnell die Lust daran verlieren.«

»Aber warum hat er sich ausgerechnet euch ausgesucht?«, meinte Mara.

»Ich wette, der hat blind ins Telefonbuch getippt und wir hatten eben das Pech, dass er unseren Namen getroffen hat«, sagte Samuel. »Nichts anderes steckt dahinter. So was passiert am laufenden Band. Das hat auch die Polizei gesagt.« Eine Lüge – für Scarlett. Sie sollte sich seinetwegen nicht noch mehr ängstigen. Er war nur froh, dass er niemandem gegenüber den blauen Wagen erwähnt hatte, der ihm letztens gefolgt war. Ansonsten hätte er es gleich vergessen können, Scarlett mit dieser Erklärung zu überzeugen. Aber nun sah er, dass sie ins Grübeln geraten war. Die kleinen, weichen Fältchen, die sich über ihre Stirn zogen, verrieten es ihm. »Komm schon«, sagte er. »Es ist nichts, worüber du dir Sorgen machen müsstest. Wirklich!«

»Wenn du das denkst, warum hast du es uns dann zuerst verschwiegen?«

Samuel starrte Mara finster an. Warum hatte sie immer im falschesten aller Momente etwas zu sagen?

»Sie hat recht«, meinte Scarlett. »Warum diese Geheimniskrämerei?«

»Weil ich …« Er blickte Hilfe suchend zu Jan, der ihn jedoch genauso erwartungsvoll wie Scarlett und Mara anstarrte. »Weil ich … ich verhindern wollte, dass genau das hier passiert!« Er schüttelte missmutig den Kopf. »Ich möchte einfach nicht, dass wir uns von so einem Psycho verrückt machen lassen. Himmel, es sind Ferien! Wir sollten fröhlich sein und auf Partys gehen, stattdessen blasen wir Trübsal. Und echt, Leute, damit helft ihr mir wirklich nicht. Euch so zu sehen, bereitet mir mehr Kummer als der Psycho.«

»Aber wenn er es nun wirklich auf dich abgesehen hat?«, sagte Scarlett ängstlich. »Hast du schon daran gedacht?«

Samuel atmete hörbar aus, dann zog er sie an sich. »Wie kommst du nur darauf? Ich bin schließlich nicht der Einzige, der in diesem Haus wohnt.«

»Hat denn die Polizei sonst nichts zu den Vorfällen gesagt?«, fragte Jan plötzlich.

Samuel war sich nicht sicher, ob er das nur fragte, um Scarlett abzulenken, oder ob es ihn wirklich interessierte. Jedenfalls war er ihm dankbar für diesen Einwurf. »Die tappt im Dunkeln. Keine Fingerabdrücke und von unseren Nachbarn will keiner den Kerl gesehen haben.«

»Hm.« Mara neigte den Kopf zur Seite und musterte ihn nachdenklich. »Was macht dich eigentlich so sicher, dass es ein Mann ist? Könnte genauso gut 'ne Frau sein. Oder weißt du etwas, was wir nicht wissen?«

»Du bist echt 'ne Nervensäge«, platzte Samuel heraus.

»Ich hab also recht«, sagte Mara triumphierend. »Jungs ... die sind so leicht zu durchschauen.«

»Au«, fluchte Samuel, als Scarlett ihn in die Seite boxte. »Das tat weh!«

»Sollte es auch. Und jetzt will ich alles wissen. ALLES! Verstanden?«

»Ist ja schon gut.«

»Ich weiß schon, warum ich noch Single bin«, sagte Jan und schmunzelte dabei.

Samuel holte tief Luft, gleichzeitig warf er Mara einen gereizten Blick zu. Wegen ihr war er jetzt dazu gezwungen zu tun, was er am wenigsten gewollt hatte. Er seufzte, dann begann er zu erzählen. Von dem geheimnisvollen blauen Wagen, der ihn verfolgt hatte, nachdem er sich von den GIGs auf den Heimweg gemacht hatte. Und von Kolwiz, der Schwarze hasste und der zudem einen blauen Audi fuhr.

Mara schnaubte. »Und das wolltest du uns verheimlichen?«

»Mensch, Samuel, das musst du sofort deinen Eltern erzählen!«

»Hab ich doch schon, Scarlett.« Er winkte ab. »Mein Vater denkt, ich bilde mir das mit Kolwiz bloß ein, weil der eigentlich niemanden leiden kann.«

»Ist denn da was dran?«, wollte Jan wissen.

»Mmh, nun ja«, druckste Samuel rum. »Schon – trotzdem hat er ganz besonders was gegen mich. Weiß auch nicht, warum. Wenn ich ihm was getan hätte, könnt ich es ja noch verstehen. Aber so ... Er hält's nicht mal für nötig zurückzugrüßen. Meist tut er dann so, als hätte er es nicht gehört.«

»Na ja«, sagte Mara daraufhin. »Wenn ich alle für Verbrecher hielte, die mich nicht grüßen ...«

»... wäre Köln das reinste Gaunernest, ich weiß«, brummte Samuel. »Aber daran bist du und deine große Klappe auch selber schuld.«

Mara rümpfte pikiert die Nase. »Ich bin eben ein direkter Mensch, das kann ja wohl nicht mein Problem sein. Und vielleicht bist du diesem Kolwiz mal unabsichtlich auf den Schlips getreten. Wer weiß, da gibt es tausend Möglichkeiten.«

»Also hat Scarlett recht«, sagte Jan. »Der Psycho ist hinter dir her!«

»Genug«, rief Scarlett plötzlich.

»Was hast du?«, fragte Mara überrascht.

»Bitte … lasst uns jetzt von was anderem reden. Ich habe genug von dem Thema!« Ihre Lippen zitterten.

Mara sah sie ernst an, dann nickte sie. »Keine Angst, die Polizei wird sich drum kümmern. Ganz bestimmt!« Sie wechselte das Thema. »Hab ich euch schon erzählt, dass ich gestern nach dem Schwimmen noch in der City war? Hab mir 'ne neue Jeans gekauft. Todschick sag ich euch. Aber die Verkäuferin war so was von ätzend …«

Im Gegensatz zu Mara war Samuel nicht in der Lage, von einer Sekunde auf die nächste auf ein völlig neues Thema umzuschwenken. Dafür hatte ihn dieses Gespräch viel zu sehr aufgewühlt. Er schielte zu Scarlett hinüber, die neben ihm saß, dabei seine Hand umklammerte und Mara mit einem Lächeln lauschte, das wie eingefroren wirkte. Es ging ihr nicht anders als ihm. Sie interessierte sich nicht wirklich für das, was ihre beste Freundin zu erzählen hatte. Das Einzige, was sie gewollt hatte, war, nicht mehr länger über den Psycho zu reden. Scarlett war einfach nur am Ende.

Es tut mir leid, dachte Samuel. So leid!

Er wandte den Blick von ihr ab und sah hinüber zum Fenster. Der Himmel war blau und wolkenlos. In seinen Ohren summte Maras Stimme wie ein gigantischer Mückenschwarm. Längst achtete er nicht mehr darauf, was sie sagte. Er musste eine Entscheidung treffen! Sein Blick kehrte zu Scarlett zurück. Tränen schimmerten in ihren Augen. Damit war seine Entscheidung gefallen. Ich werde etwas unternehmen, sagte sich Samuel. Um meinetwillen und für Scarlett! Er ballte seine freie Hand zu einer Faust. Der Psycho würde noch bereuen, sich mit ihm angelegt zu haben!

6

»**Weg** sind sie«, sagte Scarlett, nachdem Samuel und sie ihre Freunde zur Haustür gebracht hatten. Mara war mit einer Freundin verabredet und Jan … angeblich hatte er auch noch was vor, wollte jedoch nicht verraten, was es war. Samuel vermutete dahinter eine Ausrede, um sich zurückziehen zu können. Ihm war aufgefallen, dass Jan die letzte Stunde wieder ungewöhnlich still gewesen war.

Samuel schloss die Haustür und drehte sich zu Scarlett um. Er strich ihr eine Haarsträhne aus dem Gesicht, dann küsste er sie auf die Nase. »Alles klar bei dir?«

Sie nickte.

»Bleibst du zum Abendessen, Scarlett?«, erkundigte sich Samuels Mutter, die so plötzlich hinter den beiden aufgetaucht war, als hätte sie ihnen aufgelauert.

»Gerne«, sagte Scarlett.

»Fein. Es kann allerdings noch etwas dauern. Samuels Vater hat vorhin angerufen, dass es später wird.«

Es war Viertel vor neun, als sein Vater nach Hause kam. Um diese Zeit mochte Samuels Mutter sich nicht mehr in die Küche stellen. Also wurde Pizza bestellt.

Zwanzig Minuten später saßen alle am Esstisch im Wohnzimmer und aßen eine heiße, fettige Familienpizza. Doppelt mit Käse belegt, der lange Fäden zog, wenn man sich ein Stück nahm.

»Ist ja fast wie mit Spaghetti«, meinte Scarlett lachend, die den Käse mit den Fingern aufwickelte.

»Hauptsache, es schmeckt.« Samuel grinste. Er war froh, dass Scarlett wieder besserer Laune war.

»Wie war es in der Klinik, Axel?«, erkundigte sich Samuels Mutter.

»Wie immer«, murmelte Samuels Vater.

»Nichts Besonderes?«

Er schüttelte den Kopf, dann schien er sich daran zu erinnern, dass er später nach Hause gekommen war. »Nur Papierkram, den ich noch durchschauen musste.« Er versank wieder in Schweigen und biss ein Stück von seiner Pizza ab, auf dem er so lange herumkaute, bis kaum mehr etwas davon übrig sein konnte, was sich noch runterzuschlucken lohnte. Und selbst als Scarlett sich nach seinem letzten Golfspiel erkundigte, sagte er nur: »Bestens, o ja, bestens ...«

Samuel konnte es nicht fassen. Golfen war das Lieblingsthema seines Vaters. In der Regel verfiel er in einen stundenlang anhaltenden Monolog, sobald ihn jemand darauf ansprach. Und dann das! Als hätte Scarlett mit ihm über das Wetter oder sonst was Unbedeutendes geplaudert. Doch bevor Samuel sich darüber weiter Gedanken machen konnte, sagte Scarlett zu ihm: »Das hab ich vorhin ganz vergessen zu erzählen. Wolf hat mich heute Morgen angerufen. Morgen findet ein Treffen der GIGs statt. Weil Ferien sind und er und Jula wohl langsam kalte Füße kriegen, weil die Green-Night-Disco schon in zwei Monaten ist.«

»Mal wieder typisch«, brummte Samuel. »Vorher nicht in die Pötte kommen und jetzt dürfen wir es ausbaden!«

»Green-Night-Disco?«, fragte Samuels Mutter neugierig.

»Gibt's erst seit zwei Jahren«, berichtete Scarlett sofort. »Die Einnahmen sind für einen guten Zweck. Letztes Jahr gingen sie an ein Tierheim in Spanien.«

»Apropos Spanien«, wandte sich Samuels Mutter an ihren Mann. »Frau Ruben von nebenan hat mir erzählt, dass sie nächste Woche in Urlaub fahren.«

»Hm, ja?«

»Drei Wochen Dominikanische Republik. Ein echter Traum, nicht wahr?«

»Sicher, hm, ja ... wirklich ein Traumurlaub.« Er blickte betreten in die Runde. »Im nächsten Jahr fahren wir auch wieder weg. Versprochen! Aber ihr wisst ja, dass mein Kollege Dr. Lohr vor Kurzem gekündigt hat, wegen eines besseren Angebotes aus einer Privatklinik in Berlin. Jetzt müssen wir erst einmal Ersatz für ihn finden.«

»Ist es das, was dir Kopfzerbrechen macht?«, fragte Samuel plötzlich.

Sein Vater wandte ihm ruckartig den Kopf zu. »Was meinst du?«, fragte er scharf.

Samuel verdrehte die Augen. »'tschuldige, dass ich überhaupt gefragt habe.« Er biss mit säuerlicher Miene in seine Pizza. Ganz super, dachte er. Zuerst Jan und jetzt auch noch sein Vater. Beide plagten sich mit einem Problem rum, über das sie nicht reden wollten. Und wer durfte ihre Launen ausbaden? Natürlich er! Dabei hatte er schon genug eigene Sorgen. Er warf seinem Vater über seine Pizza hinweg einen finsteren Blick zu, den dieser nicht bemerkte, weil er schon wieder in Gedanken versunken war. Was geht nur in deinem Kopf vor?, fragte sich Samuel. Sicher war Dr. Lohrs Kündigung ein Problem, aber immer noch kein Grund, seinen Vater in eine solche Trübnis zu stürzen. Und was den Terror durch diesen Psycho anging, hatte Samuel bisher nicht den Eindruck gehabt, dass sein Vater sich sonderlich darüber aufregte. Ganz im Gegensatz zu seiner Mutter. Oder war er einfach nur ein guter Schauspieler?

Am Dienstagvormittag holte Samuel erst Jan ab, dann fuhren sie mit der Bahn Richtung Innenstadt. Ein paar Mal musterte Samuel ihn heimlich von der Seite. Waren sie wirklich immer noch Freunde? Warum redete Jan dann nicht endlich mit ihm? Er fluchte innerlich. Was konnte so schlimm sein, dass Jan es nicht einmal mehr fertigbrachte, ihm richtig in die Augen zu sehen?

Als sie an der unterirdisch gelegenen Haltestelle »Neumarkt« ausstiegen, erwartete Scarlett sie dort bereits am Treppenaufgang.

»Wo ist denn unser kleiner Feldwebel?«, fragte Jan munter. Er war überraschend guter Laune.

»Beim Friseur, müsste aber jeden Moment kommen«, sagte Scarlett und gab Samuel einen Kuss.

Fünf Minuten später stieß Mara zu ihnen. Jan fing

bei ihrem Anblick heftig an zu lachen. »'ne Dauerwelle, wie krass! Du siehst aus wie deine eigene Oma!«

Maras Gesicht färbte sich puterrot. Sie sah aus, als würde sie sich ernsthaft bemühen, Jan mit Blitzen aus ihren Augen in ein Häufchen Asche zu verwandeln. »Mein Friseur meint, das wäre zurzeit der letzte Schrei«, erklärte sie mit knirschenden Zähnen.

»Klar«, johlte Jan, der sich vor Lachen den Bauch hielt. »Einmal in den Spiegel geschaut und schon geht das Gekreische los!«

Mara holte aus, verfehlte Jans Oberarm, weil der rechtzeitig ausgewichen war. Mit zwei schnellen Schritten hatte er sich hinter Samuel in Sicherheit gebracht. »Du wirst einen Brillenträger doch nicht etwa schlagen«, mimte er den Empörten und grinste eine Sekunde später über das ganze Gesicht.

»Ich?« Mara klimperte unschuldig mit ihren langen Wimpern. »Nicht doch.« Dann machte sie einen Satz vorwärts, aber Jan war schneller. »Du kannst mir nicht den ganzen Tag ausweichen«, keifte sie ihn an.

»Abwarten«, flötete er.

Die vier verbrachten den Vormittag in der City. Zunächst wurden Samuel und Jan von den Mädchen einmal die Schildergasse rauf und wieder runter in sämtliche Klamottengeschäfte geschleppt. Dann wollte Jan noch unbedingt in die Buchhandlung. Er hatte gehört, dass ein neuer Terry Pratchett rausgekommen war. Zu Samuels Belustigung achtete Jan unentwegt darauf, dass ständig einer von ihnen zwischen ihm und Mara war. Verständlich. Mara konnte äußerst nachtragend sein.

Am Ende ihrer Shoppingtour, inzwischen waren vier Stunden vergangen, bekam auch Samuel endlich die Gelegenheit, sich im Handy-Shop umzusehen. Sein jetziger Vertrag würde in eineinhalb Monaten auslaufen, da konnte es nicht schaden, sich schon mal nach einem neuen Handy umzusehen.

Später gingen die vier ins »Study«. Einem verrückt eingerichteten, aber urgemütlichen Café im Studentenviertel, in dem die Wände voller Uhren hingen, von denen keine einzige funktionierte.

»Mir tun die Füße weh«, jammerte Mara.

Die vier saßen an einem ebenholzfarbenen Tisch, reich verschnörkelt und mit kleinen Schubladen bestückt, sodass er aussah, als stamme er aus Großmutters guter Stube, und schlürften Eistee.

»Selber schuld. Warum musstest du die neuen Schuhe auch gleich anlassen?«, zog Jan sie auf, der sich vorsorglich auf die andere Seite des Tisches gesetzt hatte.

Mara ignorierte ihn.

»Gleich geht's auch schon zu den GIGs«, sagte Samuel.

»Komm doch mit«, lud Scarlett Mara ein.

»Gott bewahre«, stieß sie mit gespieltem Entsetzen aus. »Seh ich aus, als ob ich im Misthaufen buddeln würde, um vom Aussterben bedrohte Regenwürmer zu evakuieren?«

»Regenwürmer evakuieren, sehr komisch.« Samuel winkte nach der Kellnerin und sie bezahlten die Rechnung. Allerdings waren sie noch nicht ganz zur Tür raus, da war es schon passiert.

»Aua«, rief Jan, während Mara triumphierend grinste. »Ich hab dich gewarnt.«

Jan verzog das Gesicht.

»Oh, nun schmollt unser Kleiner.« Mara wuselte ihm durchs Haar.

»Lass das!«, fauchte er.

Scarlett lachte. »Was sich neckt …«

»Nie und nimmer!« Jan marschierte davon.

Mara starrte ihm seufzend nach. »Mann, was hab ich jetzt schon wieder falsch gemacht?« Sie seufzte.

»Ist sicher nur so 'ne Phase«, sagte Samuel und hoffte inständig, dass er recht behalten würde. Allmählich gingen ihm Jans ständige Stimmungsschwankungen gehörig auf die Nerven.

Scarlett umarmte Mara zum Abschied. »Wir telefonieren heute Abend. Okay?«

»Immer doch!«

Bei den GIGs waren dieses Mal nicht ganz so viele wie am Freitag. Vermutlich hatten Wolf und Jula nicht alle erreicht. Andere waren wohl in die Ferien gefahren. Auch Jans Laune hatte sich nicht wieder gebessert. Mittlerweile gab er nur noch ein gelegentliches »Hm« von sich, wenn Samuel oder Scarlett Änderungsvorschläge zum Entwurf des Disco-Flyers machten.

Als sie später in den Versammlungsraum zurückkehrten, um über das diesjährige Motto der Green-Night-Disco abzustimmen, setzte Samuel sich bewusst so, dass er Jan im Auge behalten konnte. Ihm fiel auf, wie er immer wieder düstere Blicke hinüber zu Marek warf, wenn dieser mal gerade nicht hinsah.

Was hatte Jan nur gegen ihn?

Kurz darauf wurden die verschiedenen Orga-Teams gebildet, die für Deko, Musik, Getränke und Verteilung der Flyer verantwortlich waren. Sobald sich die GIGs in ihre Teams aufzusplitten begannen, steuerte Jan dem Ausgang entgegen, ohne darauf zu achten, dass seine Freunde zurückblieben.

»Jan kommt wohl nicht schnell genug zurück an seinen Computer«, meinte Scarlett.

Samuel hatte einen anderen Verdacht. Jan versuchte Marek aus dem Weg zu gehen. Aber er hatte Pech! Marek war schneller. Er quetschte sich an dem heftig diskutierenden Deko-Team vorbei, um sich Jan in den Weg zu stellen. Der blieb abrupt stehen. Marek sagte etwas zu ihm, das Samuel jedoch aufgrund der Lautstärke im Raum nicht verstand. Jan wurde plötzlich rot und blickte sich nervös um, als fürchtete er, jemand könnte sie belauschen.

»Möchte mal wissen, worüber die quatschen«, murmelte Scarlett.

Da bist du nicht die Einzige, dachte Samuel. Doch als sie zu den beiden rübergehen wollte, ergriff er ihre Hand und schüttelte den Kopf. »Das ist Jans Sache«, sagte er. »Wenn er ein Problem hat, weiß er, wo er uns findet.« Scarletts Miene machte deutlich, dass sie seine Meinung keinesfalls teilte. Da Jan jedoch sein bester Freund war, nahm sie seine Entscheidung hin.

»Was tut er denn jetzt?«, rief sie im nächsten Moment erstaunt aus.

»Gute Frage«, brummte Samuel und beobachtete, wie Jan sein Portemonnaie aus der Hosentasche zog, um Marek Geld zu geben. Der ließ den Schein rasch in der Hosentasche verschwinden, dann klopfte er Jan breit grinsend auf die Schulter, als wären sie die dicksten Freunde.

»Willst du nicht doch ...«

»Nein, Scarlett«, sagte Samuel entschieden. »Wir haben ihn oft genug gefragt, was Sache ist. Nun ist er am Zug!«

»Du machst es dir ziemlich einfach.«

»Im Gegenteil«, murrte Samuel. »Er ist schließlich mein bester Freund. Nur hab ich langsam die Nase voll von seinem Verhalten.«

Natürlich brachte Scarlett es nicht fertig, den Mund zu halten. Sie hasste es, wenn etwas im Unreinen war. Sobald sie mit Jan wieder an den Flyern saßen, fragte sie ihn, was Marek gewollt hatte.

»Hat sich Geld geliehen«, antwortete er knapp, ohne den Blick vom Monitor zu nehmen.

»Wofür?«

»Was weiß ich? Ist seine Sache.«

»Solange du dein Geld wiederbekommst«, merkte Samuel spitz an.

Nun sah Jan doch auf. »Warum macht *ihr* euch Sorgen darum? Ist schließlich mein Geld.«

7

Nach dem Treffen bei den GIGs hatten Samuel und Scarlett noch Lust auf ein Eis, Jan wollte lieber nach Hause. Also zogen sie ohne ihn los. Sie besuchten eine winzige Eisdiele in der Nähe des Clodwigplatzes. Vor der Tür gab es nur drei Tische. Zu ihrem Glück war einer frei und der stand sogar in der Sonne.

Während sie ihr Eis aßen – Scarlett einen Zabaione-Becher und Samuel ein Spaghetti-Eis –, vermieden sie es, über Jan zu reden. Er hatte heute schon für genug miese Stimmung gesorgt. Stattdessen sprachen sie darüber, dass Scarletts Eltern gegen Ende der Sommerferien nach Griechenland fliegen wollten.

»Zwei Wochen haben wir die Wohnung ganz für uns allein«, sagte Scarlett mit einem verschmitzten Funkeln in den Augen.

»Und was willst du mir damit sagen?« Samuel grinste.

»Hm, gute Frage ...« Scarlett tippte sich mit ihrem Eislöffel gegen die Wange, als müsste sie tatsächlich darüber nachdenken. »Jetzt hab ich's wieder! Das sind zwei Wochen Müll-, Putz- und Aufräumdienst für dich und zwei herrlich nichtstuerische Wochen für mich!«

»Das nennt man Sklaverei und die wurde bereits vor langer Zeit abgeschafft!«

»Also, ich nenn das Arbeitsteilung«, entgegnete Scarlett zuckersüß. »Und wenn du hübsch brav bist, gibt's auch 'ne Belohnung.«

»Das klingt schon besser. Von welcher Art Belohnung sprechen wir denn?«

»Tja, da wirst du dich wohl überraschen lassen müssen ...«

Als sie sich später am Abend trennten, tat Samuel das mit einem Gefühl wohligen Kribbelns im Bauch. Es war ein wunderschöner Abend mit Scarlett gewesen. Zuerst das Eis, später waren sie dann noch über die Rheinpromenade spaziert, wo sie sich unter einem Baum niedergelassen und ein paar Inlineskatern bei ihren rasanten Stunts zugeschaut hatten – immer dann, wenn Sauerstoffmangel sie dazu zwang, eine Pause beim Küssen einzulegen.

Vor sich hin summend stieg Samuel in die Straßenbahn und holte seinen MP3-Player hervor. Augenblicke später wippte er mit dem Oberkörper leicht im Takt des neuen Albums von »Fettes Brot«. Als die Bahn an seiner Haltestelle hielt, stieg er aus. Plötzlich kam ihm ein blauer Wagen entgegengeschossen. Samuel erstarrte. Es war Kolwiz in seinem Audi. Samuel blickte ihm nach, bis er aus seinem Sichtfeld verschwunden war. Wo der wohl um diese Zeit noch hinwill?, fragte er sich und ging weiter.

Wenig später kam Samuel an Kolwiz' Haus vorüber und plötzlich war da diese absolut verrückte Idee in seinem Kopf. Er wurde langsamer, packte den MP3-

Player wieder fort und blieb schließlich stehen. Die Polizei tappte nach wie vor im Dunkeln, was die Identität des Psycho anging. Samuel presste die Lippen zusammen. Nun hatte er die Wahl: Entweder wartete er ab, bis der Psycho erneut zuschlug und dabei hoffentlich von einem Nachbarn gesehen wurde. Oder er nahm die Sache selbst in die Hand.

Er kratzte sich am Hinterkopf.

Was konnte es schon schaden, sich ein wenig in Kolwiz' Haus umzusehen? Der war unterwegs und würde eh nichts davon mitbekommen. Vielleicht stellte er sich sogar als unschuldig heraus. Samuel lächelte bitter. Kolwiz und unschuldig? Garantiert nicht! Wenn er Glück hatte, würde er noch heute Abend der Polizei einen Tipp geben können, wo sie nach dem Psycho zu suchen hatte.

Samuel ließ den silbernen Benz passieren, der gerade die Straße entlangfuhr, dann wechselte er den Bürgersteig. Nervös blickte er sich um. Von den Nachbarn war niemand zu sehen. Mit schnellen Schritten verschwand er in der Einfahrt von Kolwiz' Haus. Samuels Atem ging nun schneller. Sein Herz raste, als steckte er mitten in einem Handballspiel. Dabei tat er nicht mal was Verbotenes. Zumindest noch nicht. Samuel warf einen letzten Blick über die Schulter, bevor er die Hand ausstreckte, um zu prüfen, ob Kolwiz die Haustür abgeschlossen hatte. Natürlich hatte er. Was jetzt? Aufgeben oder weitermachen? Immerhin bestand das Risiko, dass Kolwiz jederzeit zurückkommen konnte. Vielleicht war er nur kurz zur nächsten Pommesbude gefahren, um sich was zu essen zu holen.

Egal, sagte sich Samuel. Dann hab ich eben Pech!

Er lief an der Doppelgarage vorbei, um die herum ein gepflasterter Weg in den Garten führte. Vielleicht hatte er hinterm Haus mehr Glück. Mit der Terrassentür oder einem Fenster. Während Samuel um die Garage herumschlich, fühlte er sich plötzlich wie damals, als er mit den GIGs auf diesem heruntergekommenen Bauernhof herumgeschnüffelt hatte, weil ihnen jemand einen Hinweis hatte zukommen lassen, dass der Bauer seine Kühe und Schweine auf eine Weise hielt, die schon an Tierquälerei grenzte. Mit einer Digitalkamera bewaffnet, war Samuel durch tiefe Güllepfützen zum Stall gewatet, in der Zwischenzeit hatten Scarlett, Marek und ein paar andere den Bauern abgelenkt.

Dieses Mal war er völlig auf sich allein gestellt. Niemand stand Schmiere, während er in ein Haus einstieg, dessen Besitzer ihn hasste, weil sie unterschiedlicher Hautfarbe waren. Kein Wunder also, dass seine Hände verschwitzt waren und sein Herz so heftig gegen seine Brust trommelte, dass es schon wehtat.

Als Samuel um die Garage herum war, hielt er überrascht inne. Kolwiz' Vorgarten war so gepflegt wie alle in dieser Straße. Aber hier, hinter dem Haus, herrschte der Albtraum eines jeden Gärtners vor. Das konnte man auch beim besten Willen nicht mehr als Naturgarten bezeichnen. Efeuranken schoben sich wie die Tentakel eines Kraken über blattlose Rosen- und welke Ginsterbüsche, alles unter sich erstickend, was das Pech hatte, in unmittelbarer Nähe zu wachsen. Und gelbbraune, meist umgeknickte Sonnenblumen aus dem letzten Sommer, ragten aus einem Meer saftig grüner Brennnesseln.

Irgendwie passte das!

Zwar war Kolwiz nicht sonderlich beliebt bei den Nachbarn, trotzdem konnte man ihm außer Unfreundlichkeit nichts vorhalten. Stets akkurat gekleidet, gepflegter Vorgarten ... Eben ein Eigenbrödler, den man am besten ignorierte. Aber hier, wo sonst niemand hinkam, zeigte sich sein wahres Gesicht. Und genau so stellte man sich doch einen Psycho vor. Der versteckte sich auch hinter einer Maske, um seine Anschläge aus dem Verborgenen heraus zu führen.

Ich wusste, dass ich richtig lag, dachte Samuel.

Er streifte an den Fenstern vorbei. Alle waren geschlossen und durch keines konnte man ins Innere des Hauses blicken, weil vergilbte Vorhänge die Sicht versperrten. Bei der Terrassentür hatte Samuel ebenfalls kein Glück. Er fluchte leise, drehte sich um und entdeckte im Schatten eines knorrigen Apfelbaumes einen mitgenommenen Holzschuppen, von dem der Anstrich bereits abblätterte.

Ein Versuch kann ja nicht schaden, sagte sich Samuel, obwohl er nicht viel Hoffnung hatte, dort auf einen Hinweis zu stoßen. Als er sich dem Schuppen näherte, bemerkte er ein offenes Vorhängeschloss, das an einer Eisenkette baumelte. Die Tür war nur angelehnt. Also zog Samuel sie auf. Ein misstönendes Quietschen durchbrach die Stille im Garten. Erschrocken blickte er sich um. Aber die Grenzen zu den Nachbargrundstücken wurden durch hohe Hecken vor neugierigen Blicken geschützt.

Puuh.

Samuel stieß den Atem aus, den er unwillkürlich angehalten hatte, und trat in das Innere des Schuppens. Die Tür lehnte er nur an, damit er merken würde, wenn sich jemand näherte. Seine Umgebung lag in gedämpftem Tageslicht vor ihm, das durch ein kleines, schmutziges Fenster fiel. Allerhand Gartengerätschaften füllten den engen Raum. Rasenmäher, Schaufel, Spaten, Heckenschere, verschiedenes Werkzeug … Das meiste von einer dicken Schicht aus Staub und Spinnweben überzogen, an denen tote Insekten klebten. Samuel hasste Spinnen, trotzdem ging er tiefer in den Schuppen. An der Rückwand waren Kartons gestapelt. Sie sahen aus, als ständen sie schon Jahre hier drin. Er öffnete einen davon. Darin waren jede Menge Heftchen. Liebesromane, deren dünnes Papier vergilbt und wellig war. Las Kolwiz die etwa? Musste er wohl. Schließlich hatte er keine Frau.

Samuel wollte noch einen weiteren Karton öffnen, als er mit dem Fuß gegen einen Jutesack am Boden trat, den er übersehen hatte und der nun scheppernd zur Seite kippte. Neugierig ging Samuel in die Hocke, um einen Blick hineinzuwerfen. Darin waren ein Skateboard und jede Menge lackierter Tonscherben. Teile davon zeigten Gesichtszüge, große runde Augen, eine gesprungene Knubbelnase … Samuel runzelte die Stirn. Warum bewahrte Kolwiz diesen Müll auf?

Er zog das Skateboard aus dem Sack und … He, Moment mal! Er drehte das Skateboard um. Tatsächlich. Dort war in krakeligen schwarzen Buchstaben sein

Name hingepinselt. Es war seines! Kurz nachdem sie hierher gezogen waren, hatte er es in den Sperrmüll gegeben. Warum hatte Kolwiz es aufbewahrt? Er hatte ja nicht mal Kinder, geschweige denn Enkelkinder. Oder hatte er … Samuel stockte bei dem Gedanken der Atem. Hatte er ihm etwa schon damals hinterhergeschnüffelt? Samuel riss die Augen auf. Kolwiz musste diese Terrorattacken gegen ihn schon seit Jahren planen. Und das war der Beweis! Es war *sein* Skateboard. Bei der ganzen Sache ging es *allein* um ihn! Samuel presste die Lippen zusammen. Wut und Verbitterung stiegen in ihm auf. Er fluchte und trat gegen den Jutesack, der scheppernd über den Boden schlidderte. Er hatte recht gehabt. Die ganze Zeit. Kolwiz hasste ihn, weil er schwarz war. Ganz klar!

Samuels Blick fiel auf die Kisten vor ihm. Vielleicht hatte Kolwiz im Laufe der Jahre noch mehr Zeug von ihm gesammelt, bis er genug über ihn wusste, um sein makaber-boshaftes Spiel zu beginnen. Samuel nahm sich den nächsten Karton vor und riss das Klebeband ab, mit dem er verschlossen war.

»Das war ja klar! Kaum dreht man Pack wie dir den Rücken zu, brechen sie bei einem ein, um dich zu beklauen!«

Samuels Herz schlug ihm bis zum Hals. Seine Knie fühlten sich weich wie Gummi an, als er sich langsam umwandte. Kolwiz stand im Eingang des Schuppens. Das silbermelierte Haar, ansonsten stets ordentlich gescheitelt, klebte ihm von der Sommerhitze am Kopf. Und die kleinen, rattenhaften Augen wirkten noch boshafter als gewöhnlich, während er Samuel mit kaum verhohlenem Triumph anstarrte. Wie ein Jäger, der seine Beute nach einer jahrelangen Hatz in die Enge getrieben hatte. Plötzlich verzogen sich seine Mundwinkel abfällig nach unten. »Ich hab's doch immer gewusst! Und endlich hab ich dich mal auf frischer Tat erwischt«, knurrte er. »Du glaubst gar nicht, wie mich das freut!«

Arschloch!, schrie Samuel in Gedanken.

Voller Wut und Abscheu blickte er Kolwiz an. Nur mit Mühe gelang es ihm, sich zu beherrschen. Am liebsten wäre er auf ihn losgegangen, um ihm ordentlich eine reinzuhauen. Was für ein Drecksack! Wie der redete! Als hätte Samuel schon des Öfteren bei ihm eingebrochen. Das entsprach wahrscheinlich genau dem Bild, das Kolwiz von Ausländern hatte. Alles nur Diebe und Gauner! Das wirklich Schlimme daran war, dass Kolwiz sich darüber zu freuen schien, dass seine Vorurteile gerade durch Samuel bestätigt wurden.

Samuel hätte sich selbst in den Arsch beißen können. Er war so verdammt dumm gewesen. Mit seinem leichtsinnigen Verhalten hatte er Kolwiz auch noch zugespielt und der würde das gnadenlos ausnutzen.

»Hören Sie, ich ...«

»Ach, halt die Klappe, Junge«, fuhr ihm Kolwiz über den Mund. »Deine Ausreden interessieren mich nicht!« Mit einer Schnelligkeit, die Samuel ihm nicht zugetraut hätte, stand Kolwiz plötzlich neben ihm, packte sein Ohr und zog ihn hinter sich her. Im ersten Moment war Samuel zu verblüfft, um sich zu wehren.

Erst als der Schmerz durch sein Ohr jagte, schrie er wütend auf: »Sind Sie verrückt geworden? Lassen Sie mich sofort los!«

»Hättest du wohl gerne, Bürschchen, damit du dich davonmachen kannst. Dieses Mal nicht!«

8

Kolwiz zerrte Samuel am Ohr über die Straße. Ihm schien es völlig egal zu sein, ob sie dabei von den Nachbarn gesehen wurden. Er war so wütend, dass er unentwegt vor sich hin brummte und fluchte.

»Jetzt lassen Sie schon los!«, fuhr Samuel ihn an.

Kolwiz ignorierte ihn. Er zog ihn die Einfahrt zum Haus seiner Eltern hoch. »Denen werde ich was erzählen«, schimpfte er und drückte die Klingel. Erst als Samuels Mutter die Tür öffnete und die beiden mit einer Mischung aus Entsetzen und Fassungslosigkeit anstarrte, gab Kolwiz Samuel frei.

»Was … was bedeutet das?«, keuchte seine Mutter.

»Ich bringe Ihnen Ihren nichtsnutzigen Sohn zurück, Frau Weyden«, knurrte Kolwiz. »Ich habe ihn dabei erwischt, wie er auf meinem Grundstück rumgeschnüffelt hat.«

»Sicher gibt es dafür eine vernünftige Erklärung.« Samuels Vater war hinter seine Frau getreten. Er sah ungewöhnlich müde und abgekämpft aus.

»Vernünftige Erklärung?«, fauchte Kolwiz und fluchte unverständliches Zeug vor sich hin. »Natürlich: Er wollte mich bestehlen!«

»Wie können Sie nur …«, empörte sich Samuels Mutter. Ihre Lippen bebten. »Unser Sohn ist kein Dieb! Hören Sie, er hat noch nie im Leben etwas gestohlen! Also wagen Sie nicht, so etwas über ihn zu sagen!«

Kolwiz schnaubte. »Und warum habe ich ihn dann in meinem Schuppen dabei erwischt, wie er meine Sachen durchwühlt hat?«

Der Blick seines Vaters richtete sich auf Samuel. Er wirkte nicht mal wütend, nur enttäuscht. Sicher erinnerte er sich an das Gespräch mit Samuel und ahnte, was sein Sohn dort zu suchen gehabt hatte. »Es wird nicht wieder vorkommen, Herr Kolwiz«, sagte er und fuhr sich mit der Rechten durch das schüttere braune Haar. »Entschuldigen Sie bitte vielmals den Vorfall. Ich werde sofort mit dem Jungen darüber sprechen.« Er winkte Samuel herein.

»Reden?« Kolwiz sah aus, als wollten ihm die Augen aus den Höhlen springen. »Zu meiner Zeit hätte es dafür eine ordentliche Tracht Prügel gegeben. Bei solchen Methoden ist es kein Wunder, dass die heutige Jugend mehr und mehr verkommt.«

Samuels Mutter machte einen Schritt auf ihn zu. »Wir schlagen unseren Sohn nicht!« Ihre Stimme klang so kalt und schneidend, wie Samuel es bisher nicht an ihr erlebt hatte. »Wir haben es noch nie getan und werden jetzt auch nicht damit anfangen. Vor allen Dingen nicht, weil irgend so ein daher…« Sie brach mitten im Satz ab.

»Ja?« Kolwiz hatte den Kopf leicht schräg gelegt. Die schwarzen, rattenhaften Augen funkelten herausfordernd. »Was wollten Sie sagen? Dahergelaufener

Irrer? Oder wie wäre es mit bemitleidenswertem Trottel? Ist es das, wofür Sie mich halten?«

»Ich ...«

Er winkte ärgerlich ab. »Das ist es doch, was alle hier über mich denken, nicht wahr? Leugnen Sie es nicht, Frau Weyden! Ich seh es in Ihren Augen. Haben Sie gedacht, ich wüsste nicht, wie mich die Leute hier sehen?«

Samuels Vater räusperte sich. »Das ist es bestimmt nicht, was meine Frau sagen wollte.«

Kolwiz lächelte höhnisch und entblößte zwei Reihen gelblicher Zähne. »Nein, natürlich nicht, wie könnte sie auch.« Im nächsten Moment verzerrte sich sein Gesicht vor Wut. Aufgeregt fuchtelte er mit seinem Zeigefinger unter der Nase von Samuels Vater. »Sie leben in Ihrer heilen Welt, mit Ihrer heilen Familie ... Aber wie schnell kann dieses Glück zerbrechen, nicht wahr?« Sein Blick kehrte zu Samuel zurück. »Ich habe gehört, was passiert ist. Ich habe die Polizei gesehen. Vielleicht stimmt es, was sich die Nachbarn erzählen, vielleicht auch nicht. Ich kann's nicht beurteilen, da ich die meisten von denen eh meide. Aber schämst du dich nicht, deinen Eltern solchen Kummer zu machen?«

»Jetzt reicht es!« Samuels Vater baute sich vor Kolwiz auf, den er um gut einen Kopf überragte. »Mein Sohn hat mit diesen Vorfällen nichts zu tun. Im Gegenteil. Er ist genauso ein Opfer, wie wir es sind. Haben wir uns verstanden?«

Kolwiz musterte ihn mit einem geringschätzigen Blick. »Hm.«

»Ich schlage vor, dass Sie jetzt nach Hause gehen und sich beruhigen.«

»Pah, ich wusste doch, dass nichts passieren würde.« Kolwiz verzog angewidert das Gesicht. »Wie können Sie ...« Er deutete auf Samuel, während er mit den Worten rang. »Wie können Sie nur jemanden wie diesen ...«

»Ich warne Sie«, fiel Samuels Vater ihm ins Wort. »Überlegen Sie sich gut, was Sie zu meinem Sohn sagen. Und jetzt gehen Sie!«

Kolwiz kniff die Lippen zusammen, als müsste er sich selber zwingen, den Mund zu halten. Ein letztes Mal starrte er Samuel mit vor Hass glühenden Augen an, bevor er sich wortlos umdrehte und davonstapfte. Obwohl es der unpassendste aller Momente war, konnte Samuel sich ein Schmunzeln nicht verkneifen. Die Abreibung hatte Kolwiz sich verdient!

»Und nun zu dir, junger Mann!«

Augenblicklich erstarb das Grinsen auf Samuels Gesicht. »Ja, Ma?«

»Ins Wohnzimmer mit dir! Wir werden uns jetzt unterhalten!«

Samuel schluckte und sah seinen Vater an. Er würde ihm doch bestimmt beistehen. Er wusste schließlich, warum Samuel das getan hatte. Aber er schwieg.

»Setzen!«, sagte seine Mutter, nachdem sie im Wohnzimmer angekommen waren, und deutete auf den roten Ledersessel.

Samuel gehorchte ohne Widerworte.

»Und jetzt will ich wissen, ob es wahr ist. Hast du dich in seinem Schuppen herumgetrieben?«

»Äh, ja.«

Seine Mutter warf stumm die Arme gen Himmel und schüttelte den Kopf. »Und? Warst du dort, um zu …«

»Nein, nein«, versicherte Samuel ihr. »Ich schwöre, ich habe noch nie etwas geklaut!«

Seine Mutter ließ sich mit einem Seufzer auf das Sofa sinken. »Ich wünschte, ich könnte dir glauben. Aber was hast du dann dort gewollt? Außerdem … haben wir in der letzten Zeit nicht schon genug Ärger am Hals?« Sie sah ihn mit wässrigen Augen so vorwurfsvoll an, dass sich sofort Samuels Gewissen regte. Schuldbewusst zog er den Kopf zwischen die Schultern. »Also, Junge, was hattest du in Herrn Kolwiz' Schuppen zu suchen?«

Schritte.

Samuel drehte sich hoffnungsvoll um. Es war sein Vater, dessen Blick ihn nur kurz streifte, bevor er sich zu seiner Frau aufs Sofa setzte.

Samuel kam sich plötzlich ziemlich dumm vor. Dumm und irgendwie verloren. Dabei hatte er das alles nur für seine Familie getan. Begriff sein Vater das denn nicht? Samuel sah zu ihm hinüber, aber der starrte auf den Boden, als wäre er in Gedanken ganz woanders. »Du willst wissen, warum ich dort war?«, sagte er leise. »Weil ich dachte, dass Kolwiz der Psycho ist, der hinter dem Terror steckt.«

Stille.

»Was sagst du da?«, fragte seine Mutter, nachdem sie den ersten Schreck überwunden hatte.

Samuel schnaubte. »Hast du noch nie selbst daran gedacht?«

Sie schüttelte den Kopf.

»Gott, bin ich denn der Einzige, der sieht, was für ein Arschloch Kolwiz ist?«

»Das reicht«, sagte sein Vater, der aus seiner Apathie erwacht war. »Herr Kolwiz hatte allen Grund, sich so aufzuführen!«

»Ich meine nicht nur heute.« Samuel verdrehte die Augen. »Wisst ihr überhaupt, was ich bei ihm gefunden habe?«

»Nein«, sagte sein Vater. »Und wir wollen es auch gar nicht wissen. Ich habe dir schon einmal gesagt, dass er es nicht war. Er hat mehr als genug Probleme mit sich selbst, um auch noch anderen Scherereien zu machen.«

Samuel ballte die Hände zu Fäusten. Sein Vater konnte manchmal so was von stur sein!

»Hör zu, Samuel, dein Vater hat recht. Frau Ruben hat mir erzählt, dass Herr Kolwiz …«

»Es interessiert mich nicht, was Frau Ruben oder sonst wer über ihn sagt.« Samuel war aus dem Sessel gesprungen. »Ich traue dem Kerl alles zu. Der hat mich behandelt, als sei ich der letzte Dreck! Wie könnt ihr ihn da noch in Schutz nehmen?« Er fluchte. »Und woher wollt ihr wissen, dass er nicht der Psycho ist? Ihr wollt euch ja nicht mal anhören, was ich in seinem Schuppen …«

»Er ist es nicht!« Sein Vater hatte sich nun ebenfalls erhoben. Über den Wohnzimmertisch hinweg warfen sie sich finstere Blicke zu. »Und jetzt geh auf dein Zimmer«, sagte sein Vater. »Ich habe mich heute schon genug über dich geärgert!«

Samuel wandte sich um und stapfte aus dem Wohnzimmer.

Immer zwei Stufen auf einmal nehmend lief er die Treppe nach oben. *Rumms*. Die Tür war zu! Mitten in seinem Zimmer blieb er stehen und stieß einen wütenden Schrei aus. Das war so was von unfair! Sein Vater irrte sich. Schließlich hatte er den Beweis dafür in Kolwiz' Schuppen entdeckt.

Fünfzehn Minuten später klopfte es an seiner Zimmertür. Es war seine Mutter, die ihm ein paar geschmierte Brote brachte. »Du hast ja sicher noch nichts gegessen«, sagte sie und stellte sie auf seinen Schreibtisch.

Samuel murmelte ein unverständliches Danke.

Als sie schon wieder auf dem Weg nach draußen war, drehte sie sich noch einmal zu ihm um. »Tu mir einen Gefallen. Und stell nie wieder so etwas Dummes wie heute an. Okay?«

Er nickte.

Sie berührte mit ihrer Rechten flüchtig seine Wange und verließ das Zimmer.

Samuel trottete zu seinem Bett und hockte sich im Schneidersitz darauf. Er war immer noch wütend auf seinen Vater. Stinkwütend. Nur weil Kolwiz ihr Nachbar war, hieß das noch lange nicht, dass er kein Rassistenschwein sein konnte. Wer wusste denn schon, was er in seinem Haus trieb? Er ließ doch niemanden hinein! Sein Vater machte es sich zu einfach. Glaubte er, nur weil dies eine gute Wohngegend war, mussten die Menschen, die hier wohnten, automatisch auch gut sein?

9

Scarlett stöhnte. »Du treibst mich in den Wahnsinn!«

Jetzt fang du auch noch an, dachte Samuel gereizt. Zum Glück telefonierten sie, sodass Scarlett nicht sehen konnte, dass er eine Fratze zog. »Reg dich wieder ab. Abgesehen davon, dass Kolwiz mich jetzt noch weniger leiden kann als vorher, ist doch nichts passiert.«

»Versprich mir, dass du so was nie wieder machst.«

»Ja, ja.«

»Rede wenigstens vorher mit mir – versprich es!«

»Also gut, ich verspreche es. Zufrieden?«

»Nicht wirklich«, erwiderte Scarlett säuerlich. »Aber ich habe wohl keine andere Wahl, als dir zu glauben.«

»Stimmt, denn an die Leine lass ich mich nicht legen.«

»Stell dich nicht so an, ich mache mir nur Sorgen«, ärgerte sich Scarlett.

»Ich weiß, aber das musst du nicht. Ich bin kein Idiot, ich weiß schon, was ich mache.« Er schlug nun einen deutlich milderen Ton an. »Komm schon, Scarlett. Ich mag's nicht, wenn wir streiten.«

»Ich ja auch nicht. Nur kannst du einen manchmal

echt zur Weißglut treiben!« Für einen Moment wurde es still in der Leitung. Samuel befürchtete schon, sie wären unterbrochen worden, als Scarlett fragte: »Und, was hast du jetzt vor? Du wirst es doch nicht noch mal versuchen, oder?«

»Ich …« Samuel zögerte. Sollte er ihr von dem Skateboard erzählen? Besser nicht! Wenn sie wusste, dass ihn das Skateboard beschäftigte, würde sie ihn keine Sekunde mehr aus den Augen lassen. Aus Angst, er könnte ein weiteres Mal in den Schuppen einbrechen. »Quatsch«, sagte er. »Und außerdem ist Kolwiz nicht so dumm, den gleichen Fehler zweimal zu machen. Ab jetzt wird er den Schuppen immer abschließen. Das kann ich vergessen!«

»Gut so.«

Samuel verzog das Gesicht.

»Was ist eigentlich mit Jan?«, wechselte Scarlett abrupt das Thema.

»Häh, was meinst du?«

»Wann willst du endlich mit ihm reden? Ja, ja, ich weiß, Jungs hassen das, aber er ist schließlich dein bester Freund.«

»Und was soll ich bitteschön machen, wenn er nicht redet?«

»Jetzt stell dich nicht dümmer, als du bist«, fiel ihm Scarlett ins Wort. »Streng deinen Grips an. Du kennst ihn ja nicht erst seit vorgestern. Da gibt es sicher was, mit dem du ihn aus der Reserve locken kannst.«

»Langsam entwickelst du dich zu genauso einem Feldwebel wie Mara. Ihr verbringt eindeutig zu viel Zeit miteinander.«

»Blödsinn. Und lass dir was wegen Jan einfallen!«

»Jawohl!«

Plötzlich lachte Scarlett. »Ach du … du bist echt verrückt!«

»Anders wäre ich dir doch viel zu langweilig.«

Scarlett ignorierte das. »Wir treffen uns dann gegen drei?«

»Ich gehe erst Jan abholen und dann kommen wir zu dir«, bestätigte Samuel.

»Prima, dann geb ich rasch Mara Bescheid.«

Nachdem sie das Telefonat beendet hatten, setzte Samuel sich an seinen Schreibtisch und holte seinen Terminplaner aus der obersten Schublade. Ein kleines Büchlein mit einem schwarzen Kunststoffüberzug. Als er das heutige Datum aufschlug, purzelten ihm vier Eintrittskarten für die »Cologne Beginner-Party« im »Tanzbrunnen« entgegen. Einer Open-Air-Bühne, auf der heute Nachmittag die angesagtesten Newcomerbands der Stadt die Chance bekamen, ihr Talent unter Beweis zu stellen. Die CB-Party fand dieses Jahr zum ersten Mal statt. Die Bandbreite reichte von Pop bis Rap. Das bedeutete Spaß und gute Laune pur! Und wenn sie Glück hatten, lernten sie schon heute die neuen Superstars von morgen kennen.

Nach dem Mittagessen sah Samuel sich noch ein Handballspiel im Fernsehen an, bevor er sich gegen halb drei auf den Weg zu Jan machte. Scarlett und Mara erwarteten sie vor der Haustür, wo sie auf einem bemoosten Mäuerchen in der Sonne hockten und über etwas diskutierten. Sobald sie Samuel und Jan bemerkten, verstummten sie.

»Auf geht's«, rief Mara, die bereits aufgesprungen war. »Ich will nicht zu spät kommen.«

»Freut mich auch, dich zu sehen, Mara«, bemerkte Samuel spöttisch. »Außerdem sind es noch zwei Stunden hin. Also, immer mit der Ruhe.«

»Nun, wenn du in der letzten Reihe stehen willst ... Ich jedenfalls nicht.« Damit hakte sie sich bei dem verdutzt dreinschauenden Jan unter und zog ihn mit sich.

Am Neumarkt stiegen die vier in die Linie neun Richtung Deutz. Während der Bahnfahrt redete Mara auf Jan ein, der kaum zu Wort kam und nur hin und wieder ein »Ja« oder »Hm« vor sich hin brummte. Mara schien das als Aufforderung zum Weiterreden zu genügen. In Samuel stieg eine dunkle Ahnung auf. Sobald sie ausgestiegen waren, ließ er sich mit Scarlett ein Stück hinter die beiden zurückfallen. »Was hat Mara vor?«

»Was sollte sie vorhaben?«, sagte Scarlett und wich Samuels bohrendem Blick aus. »Die beiden reden nur miteinander.«

»Das nehm ich dir nicht ab! Ich fand es schon verdächtig, wie still ihr beiden plötzlich wurdet, kaum dass ihr uns gesehen habt.«

Scarlett zuckte die Achseln. »Das war ein Frauengespräch. Darum sind wir ... «

»Wie ich befürchtet habe«, moserte Samuel. »Mara war ja schon immer eine Quasselstrippe, aber mit der Nummer, die sie gerade bei Jan abzieht, übertrifft sie sich sogar selbst. Also, was hat sie vor?«

Scarlett verdrehte entnervt die Augen. »Sie will sich nur ein bisschen mit ihm unterhalten.«

»Klingt mir eher so, als ob sie ihm gerade ein Buch diktiert.« Samuel kniff die Augen zusammen. »Sie will doch nicht ...« Er stöhnte auf. »Sag mir bitte, dass das nicht wahr ist!«

»Ich weiß gar nicht, was du meinst.«

»Und ob du das weißt«, herrschte Samuel sie an. »Verdammt, Scarlett, was immer Jans Problem ist ...« Er brach ab, suchte nach den richtigen Worten. »Na ja, was er jetzt braucht, sind jedenfalls Freunde und nicht irgendein liebeskrankes Anhängsel. Warum hat sie sich nicht schon vor ein paar Monaten an ihn rangeschmissen? Warum ausgerechnet jetzt, wo es ihm eh mies geht?«

»Du wolltest ja nicht mit ihm reden«, entgegnete Scarlett vorwurfsvoll. »Und er hat Mara echt leidgetan. Sie konnte es einfach nicht länger mit ansehen, darum hat sie beschlossen, etwas zu unternehmen.« Sie seufzte. »Mir war gleich klar, was du davon halten würdest, darum hab ich vorhin auch versucht, sie von der Idee abzubringen. Aber du kennst sie ja. Was sie sich in den Kopf gesetzt hat, zieht sie auch durch.«

»Ich find's egoistisch. Mara will Jan nur helfen, damit sie sich besser fühlt.«

»Kapierst du es denn nicht?«, schimpfte Scarlett leise. »Sie liebt ihn! Und es geht ihr furchtbar nahe, ihn so zu sehen.«

»Jan hat noch nie auf ihre Annäherungsversuche reagiert, warum sollte er es also jetzt tun?« Samuel schnaubte. »Mara kann nicht ernsthaft glauben, ihm damit zu helfen, ihm ihre Liebe zu gestehen.«

»Aber so hätte er wenigstens jemanden, bei dem er

sich ausheulen könnte. Außerdem ist es so immer noch besser, als die Hände in den Schoß zu legen und darauf zu warten, dass alles wieder von alleine gut wird.« Sie warf Samuel einen bedeutungsvollen Blick zu.

»Ich hab's ja kapiert!« Samuel sah nach vorne, wo ihre Freunde mit einigem Abstand zu ihnen gingen. Mara lachte gerade schallend auf, während Jan in eine völlig andere Richtung blickte. Bisher hatten sie noch nichts von seinem Streit mit Scarlett mitbekommen. »Hör mal, Scarlett«, sagte er plötzlich, »ich werde schon noch mit ihm reden, ich brauche nur etwas Zeit.«

»Na schön.« Sie klang leicht pikiert.

»Tut mir leid, wenn ich gerade etwas grob zu dir war.«

»Ach, Samuel, du musst auch mich verstehen. Genau so wie Jan dein bester Freund ist, ist Mara meine beste Freundin. Ich möchte doch nur, dass sie glücklich ist, – Jan natürlich auch.«

»Ich weiß, ich weiß ...« Er legte ihr den Arm um die Schultern und zog sie enger an sich. »Also, warum streiten wir uns dann überhaupt?«

»Keine Ahnung, ich hab ja nicht damit angefangen.« Sie kniff ihm feixend in die Seite. »Was ist denn das?«, meinte sie erstaunt. »Die Ferien scheinen dir gar nicht zu bekommen. Wird Zeit, dass das Handballtraining bald wieder anfängt, Moppelchen.«

»Moppelchen?«, stieß Samuel empört aus.

Scarlett lachte und riss sich los. »Oder ist dir Specki lieber?«, rief sie ihm über die Schulter zu.

»Warte nur, bis ich dich kriege!«

Vor dem Einlass des »Tanzbrunnens« wartete eine Schlange, die gut fünfzig Meter lang war. »Hab ich's nicht gesagt«, beschwerte sich Mara sofort. »Also schön, wartet hier! Ich bin gleich wieder zurück.« Sie marschierte los und verschwand in der Schlange der Wartenden.

»Was hat sie jetzt wieder vor?«, murmelte Samuel.

Drei Minuten später kehrte Mara zurück. Über beide Wangen grinsend, die leicht rosa verfärbt waren, als hätte sie gerade ein besonders schmeichelhaftes Kompliment eingeheimst.

»Wo warst du?«, wollte Scarlett wissen.

»Hab den Laden etwas aufgemischt. Und jetzt folgt mir!«

Mara hatte es fertiggebracht – wie auch immer –, sie ganz nach vorne in der Schlange zu lotsen. In solchen Dingen war sie einfach unschlagbar. Vermutlich hatten sie es ihrem losen Mundwerk zu verdanken, dem absolut niemand etwas entgegenzusetzen hatte.

»Warum zwinkert uns der Kartenabreißer zu?«, argwöhnte Jan, als sie sich ihm näherten.

»Was heißt *uns*? Er zwinkert *mir* zu«, erklärte Mara und strahlte, als hätte sie einen Schönheitswettbewerb gewonnen. »Hab zuerst gedacht, ich müsste einen Heidenaufstand veranstalten. Dann sah ich Holger. Bin ihm vor zwei Wochen in der Disco begegnet. Er hat mich den ganzen Abend wegen meiner Telefonnummer genervt.«

»Und jetzt hat er sie endlich«, schlussfolgerte Scarlett.

Maras Grinsen wurde noch breiter. »Hab ihm die Telefonnummer meiner Oma gegeben. Die ist so gut wie taub. Wird sicher ein nettes Gespräch werden.«

»O Mara, eines Tages nimmt es noch ein böses Ende mit dir«, sagte Scarlett, lächelte jedoch dabei.

Mara zuckte die Achseln. »Ich bin noch nie von was anderem ausgegangen.«

Die CB-Party war ein voller Erfolg. Von deutschem Pop über Soul bis hin zu Hiphop war alles vertreten. Auch wenn einige Bands wie »Dark Tale« mit dem Song »I hate the Princess« oder »Beat Palace« mit »Bitches« ziemlich gewöhnungsbedürftige Texte auffuhren. Dass sie ganz vorne an der Bühne standen, hatten sie abermals Mara zu verdanken, die ihren Stehplatz mit schlagfertiger Zunge gegen die nachströmenden Besucher verteidigte, sodass die meisten schon bald auf Abstand gingen, als litten die vier an einer ansteckenden Krankheit.

Nach fast zwei Stunden kam die letzte Band auf die Bühne: »Blackhole«. Trotz des englischen Bandnamens rappten sie auf Deutsch. Der Titel ihres Songs war »Nirgendwo Licht«. Der düster-melancholische Grundton schien Jan anzusprechen. Samuel beobachtete, wie seine Lippen stumm den Song mitsprachen. Als der Refrain zum zweiten Mal gespielt wurde, sang er lautstark mit:

»Wohin ich auch blicke, nirgendwo Licht.
Seh nur Dunkelheit und dein trauriges Gesicht.
Wo steckst du jetzt? Warum bist du fort?
Was tu ich noch an diesem beschissenen Ort?«

Mara rückte näher an ihn heran, um sich wieder bei ihm einzuhaken. Aber Jan wich zurück. Er sah sie nicht einmal an, fixierte mit dem Blick seiner traurigen Augen die Band in den schwarzen Klamotten und mit den rot gefärbten Haaren. Mara wandte sich mit einem hilflosen Achselzucken zu Scarlett um, die jedoch nur abwinkte. »Lass ihn in Ruhe!«, formten ihre Lippen lautlos. Samuel hatte das Gefühl, dass sie es nur wegen ihm sagte, trotzdem war er ihr dankbar dafür.

Zehn Minuten später strömten die vier dem Ausgang entgegen. Als sie draußen auf der Straße standen, nahm Jan seine Brille ab und rieb sich das rechte Auge.

»Alles okay?«, wollte Mara wissen.

»Hab was im Auge«, murmelte er, drehte sich um und begann seine Brille zu putzen.

Mara trat hinter ihn und streckte die Hand aus, um sie ihm tröstend auf die Schultern zu legen. Was tut sie da bloß?, dachte Samuel und sprang vor, um sie davon abzuhalten. Zu spät!

»He, was ist los?«, fragte Mara.

»Nichts«, fauchte Jan.

»Na, danach sieht das aber nicht aus. Willst du nicht endlich …«

»Verdammt«, schrie Jan. Er hatte sich von ihr losgerissen und nun starrte er alle drei wütend aus geröteten Augen an. »Warum könnt ihr mich nicht einfach in Ruhe lassen? Warum … warum … Ist das so schwer?«

Mara wusste wirklich nicht, wann es besser war, den Mund zu halten. »Wir sind deine Freunde, Jan. Wir wollen …«

»Gar nichts …« Er fuhr sich mit dem Handrücken über die Augen. »Ihr versteht gar nichts!« Dann drehte er sich um und lief davon.

Samuel blickte ihm nach. Sprachlos. Verwirrt. Solange sie Freunde waren, hatte er Jan noch nie so erlebt. So absolut … verzweifelt. War das jetzt das Ende ihrer Freundschaft? Plötzlich plagte ihn sein Gewissen. Scarlett hatte recht gehabt. Er hatte sich nie richtig um ein Gespräch mit Jan bemüht. Er hätte hartnäckiger sein müssen. Aber jetzt war es zu spät dafür. Viel zu spät …

Es war Freitagmorgen. Samuel lag in seinem Bett und starrte verschlafen die Zimmerdecke an. Seit Mittwoch hatte er nichts mehr von Jan gehört. Er hatte versucht ihn anzurufen, aber Jan hatte sich geweigert ans Telefon zu kommen. Gestern Abend war er sogar bei ihm vorbeigegangen. Allerdings hatte niemand auf sein Klingeln reagiert. Anscheinend waren Jans Eltern nicht zu Hause gewesen. Und Jan hatte ihm nicht geöffnet. Jedenfalls musste er da gewesen sein, so laut, wie die Musik durchs Haus geschallt war.

Als er nach unten kam, saß seine Mutter am Frühstückstisch und nippte an einem Kaffee. Sein Vater musste um diese Uhrzeit – es war bereits kurz nach neun – in der Klinik sein. Samuel blieb vor dem Tisch stehen. Seine Mutter, die ihn immer noch nicht bemerkt hatte, starrte gedankenverloren zum Küchenfenster hinaus, vor dem sich der weiße Liguster kaum merklich im Wind wiegte.

»Morgen.«

»Mein Gott!« Seine Mutter schreckte zusammen und vergoss Kaffee über den Tisch. »Musst du dich so anschleichen?«

Samuel grinste bloß.

»Du solltest heute unbedingt den Rasen mähen«, sagte seine Mutter, nachdem sie den Tisch abgewischt hatte. »Dein Vater ist deshalb schon ein wenig sauer.«

»Seit wann fällt ihm so etwas auf?«

»Er hatte eine schlechte Woche. Es gab Ärger in der Klinik. Frag nicht, was los ist. Er wollte mit mir nicht darüber reden.«

»Im Moment fährt wohl jeder auf dieser Schiene«, brummte Samuel.

»Wie meinst du das?«

»Es ist wegen Jan«, sagte Samuel. »Er war in der letzten Zeit ziemlich komisch drauf, wollte aber nicht drüber reden. Seit Mittwoch spricht er überhaupt kein Wort mehr mit mir.«

»Was hast du jetzt wieder angestellt?«, wollte seine Mutter wissen.

»Das ist es ja gerade: nichts.« Leider, fügte Samuel in Gedanken hinzu. Ansonsten wäre es vielleicht nie so weit mit ihrer Freundschaft gekommen.

Gleich nach dem Frühstück machte Samuel sich ans Rasenmähen. Er wollte das lieber sofort erledigen. Heute Nachmittag war nämlich Treffen bei den GIGs, wenn er davon zurückkäme, wäre auch sein Vater längst wieder daheim.

Als er den klappernden Rasenmäher die Auffahrt hinunterschob, um mit dem Vorgarten anzufangen, sah er, wie die Rubens von nebenan Reisetaschen in ihren Kombi luden. Er erinnerte sich, dass seine Mutter davon gesprochen hatte, dass sie in Urlaub fahren wollten. Dominikanische Republik oder so. Samuel rief ihnen einen Gruß zu und machte sich an die Arbeit.

Nach einer Stunde war er mit der Gartenarbeit durch. Er kehrte ins Haus zurück, wo seine Mutter bereits mit dem Mittagessen dran war. Gegen zwei schaute er bei Scarlett vorbei, um später mit ihr gemeinsam zu den GIGs zu fahren. Irgendwie hoffte er, dass auch Jan zu dem Treffen kommen würde. Allerdings war es keine Überraschung für ihn, als er dann doch nicht kam.

Als Samuel in Wolfs und Julas Büro auf Marek stieß, der gerade etwas am Computer machte, packte er die Gelegenheit beim Schopf. »Ich muss mal mit dir reden!«

Marek zuckte die Schultern. »Was gibt's denn?«

»Es geht um Jan.«

»Da du es erwähnst«, sagte Marek. »Ich hab ihn schon gesucht.«

Samuel beugte sich über den Schreibtisch, um Marek direkt in die Augen zu sehen. »Jan ist mein bester Freund und irgendwas ist ihm sauer aufgestoßen. Ich weiß nicht, was es ist, aber ich denke, es hat mit dir zu tun. Wenn du ihn also irgendwie in die Scheiße geritten hast, verspreche ich dir, dass du mächtig Ärger mit mir bekommst.«

»Na, hör mal ...«

Samuels Faust knallte auf den Tisch. »Verdammt, Marek, ich mein es ernst! Wenn's um meine Freunde geht, versteh ich keinen Spaß. Also, was willst du von ihm?«

Marek, der begonnen hatte, nervös an seinem Ohrläppchen herumzuspielen, zog einen zerknüllten Zwanzigeuroschein aus der Hosentasche. »Ich wollte nur wissen, wo er ist«, brummte er und drückte den Schein Samuel in die Hand. »Außerdem wollte ich ihm den zurückgeben.« Er warf Samuel einen finsteren Blick zu, dann stürmte er aus dem Büro, wobei er fast Scarlett umgerannt hätte, die Samuel schon gesucht hatte.

10

Hatte er sich in Marek geirrt oder spielte der bloß ein raffiniertes Spiel? Samuel ließ sich seufzend in den abgewetzten Sessel am Fußende seines Bettes fallen. Im Moment drohte sein Leben im Chaos zu versinken. Jan, sein Vater, Kolwiz, Marek – aus keinem von ihnen wurde er so recht schlau!

Plötzlich sprang er aus dem Sessel und trat vor den Kleiderschrank. Das GIG-Treffen lag bereits eine Stunde zurück und er war nur kurz nach Hause gekommen, um sich umzuziehen.

Nachher würde er mit Scarlett in die Pizzeria gehen und später noch ins Kino. Ein Abend zu zweit. Schließlich waren sie heute auf den Tag genau zwei Jahre zusammen.

Es wurde eine lange, vor allen Dingen romantische Nacht. Ein Spaziergang an der Rheinpromenade, ein Himmel voll funkelnder Sterne und schließlich der Sonnenaufgang. In diesen Stunden vergaß Samuel alles um sich herum. All die Probleme und den Ärger der letzten Wochen. Er konzentrierte sich allein auf Scarlett. In dieser Nacht waren sie nur füreinander da, in dieser Nacht gehörte die Welt ihnen allein …

Als Samuel am Samstagmorgen um kurz nach sechs nach Hause kam, schliefen seine Eltern noch. Er schlich hinauf in sein Zimmer und fiel mit einem glückseligen Lächeln ins Bett. Innerhalb von Sekunden war er eingeschlafen und träumte von Scarlett.

Gegen zwölf weckte ihn sein Vater zum Mittagessen. Samuel war ganz überrascht, ihn heute zu Hause anzutreffen. Normalerweise hatte sein Vater an diesem Samstag Dienst. Ob er mit einem Kollegen getauscht hatte?

Als Samuel wenig später runter in die Küche kam, wollte er ihn darauf ansprechen. Doch ein Blick in das Gesicht seines Vaters hielt ihn davon ab. Seine Miene wirkte wie versteinert, seine Augen – matt und glanzlos – stierten ins Leere. Das ganze Mittagessen über sagte sein Vater kein einziges Wort. Stumm vor sich hin starrend schaufelte er das Essen wie eine Maschine in sich hinein. Sobald sein Teller leer war, stand er auf und verließ die Küche. Einen Augenblick später hörte Samuel die Tür seines Arbeitszimmers knallen. Fragend warf er seiner Mutter einen Blick zu.

»Anscheinend ist der Ärger in der Klinik größer, als ich dachte«, war alles, was sie zu diesem Thema sagte.

Samuel stand vom Tisch auf, um Besteck und Teller abzuräumen. Wenigstens hatte der Psycho noch nicht wieder zugeschlagen, sagte er sich und gab alles in die Spülmaschine. Allerdings war das sicher nur eine Frage der Zeit. Eine Woche war vergangen, seit er die Glasfront im Wohnzimmer mit Schweineblut beschmiert hatte. Bestimmt wartete er nur auf eine neue Gelegenheit. Irgendetwas führte er im Schilde. Samuel war sich sicher. Wenn man jemandem bloß einen Schrecken einjagen wollte, legte man ihm eine tote Katze vor die Tür oder zerstach die Autoreifen. Hinter seinen Attacken musste sich also mehr verbergen.

Gegen zwei Uhr brachen Samuels Eltern auf, um die Wochenendeinkäufe zu erledigen. Wenig später verließ auch Samuel das Haus und machte sich auf den Weg zu Jan. Er hatte einmal den Fehler begangen und zu schnell aufgegeben. Diesen Fehler würde er nicht wiederholen. Er würde um ihre Freundschaft kämpfen. Egal, wie lange es dauerte. Wenn er nur hartnäckig bliebe, musste Jan irgendwann einlenken.

Jans Vater öffnete ihm die Haustür.

»Guten Tag, Herr Binder.«

»Hallo, Samuel.«

»Ist Jan da? Ich muss unbedingt mit ihm sprechen.«

Sofort verdüsterte sich das Gesicht von Herrn Binder. »Tut mir leid, es ist immer noch nicht besser geworden. Seit Tagen hängt er in seinem Zimmer rum, will mit niemandem reden und kommt nur zum Essen runter.« Er rückte seine Brille auf der Nase zurecht. »Und du weißt wirklich nicht, woran es liegt?«

Samuel schüttelte den Kopf. »Er wirkt schon länger etwas daneben. Aber immer wenn ich ihn darauf angesprochen habe, hat er geblockt.«

»Typisch Jan. So war er schon immer, ein echter Sturkopf.« Herr Binder warf einen Blick über die Schulter. »Das hat er von meiner Frau«, fügte er leise hinzu.

»Darf ich trotzdem reinkommen?«

»Ein Versuch kann nicht schaden. Versprich dir jedoch nicht zu viel davon.« Er trat zur Seite, um Samuel reinzulassen.

Jans Tür war verschlossen. Samuel klopfte an. Nichts passierte. »Ich bin's. Komm schon, mach auf. Ich will bloß mit dir reden.« Er wartete darauf, dass sich etwas tat.

Jan antwortete nicht. In Samuels Magen erwachte ein flaues Gefühl. War bei seinem Freund alles in Ordnung? Er drückte das Ohr an die Tür und lauschte. Zuerst war da nichts. Aber dann glaubte er etwas zu hören oder vielmehr zu spüren. Ein schwaches, gleichmäßiges Vibrieren, das durch das Holz der Tür drang, als würde Jan in seinem Zimmer unruhig auf und ab laufen. Er war also definitiv da. Und er lebte. Es war zwar verrückt, aber Samuel hatte für einen kurzen Moment tatsächlich die Befürchtung gehabt, Jan könnte eine Dummheit begangen haben. Tabletten geschluckt oder sich die Pulsadern aufgeschnitten. Und war der Gedanke wirklich so abwegig, wenn man Jans Veränderungen in den letzten Monaten bedachte? Was war nur los mit ihm?

»Ich geh dann wieder«, sagte Samuel laut, in der Hoffnung, Jan würde doch noch öffnen. Er tat es nicht. Schließlich trottete Samuel wieder nach unten. Am Treppenaufgang wartete Jans Vater auf ihn und blickte ihm erwartungsvoll entgegen. Samuel schüttelte den Kopf.

»Ich hab's dir ja gleich gesagt.« Herr Binder presste kurz die Lippen zusammen, dann musterte er Samuel ernst über seine Brille hinweg. »Wir machen uns wirklich Sorgen um ihn. Also, wenn du was weißt, dann sag es mir bitte.«

Mareks Bild tauchte vor Samuels innerem Auge auf. Kurz war er versucht, seinen Verdacht auszusprechen, überlegte es sich jedoch rasch wieder anders. Was sollte er Jans Vater auch schon sagen? Er wusste nicht einmal, worum es zwischen den beiden ging. Drogen, Erpressung ... Es konnte alles Mögliche sein, weswegen Jan schlecht auf ihn zu sprechen war. Und irgendwie lauerte da im Hintergrund immer noch die Angst, dass er etwas mit dem Terror zu tun haben könnte. »Ich ... hab keine Ahnung«, sagte er zögerlich. »Ich würd's selbst gerne verstehen. Ja, wirklich.«

Als er das Haus der Binders verließ, hatte sich eine grauschwarze Wolke vor die Sonne geschoben. Und die Luft war zäh und stickig wie vor einem Sommergewitter. Samuel entschied sich mit dem Bus zu Scarlett zu fahren. Die Haltestelle lag näher als die der Straßenbahn, dafür würde die Fahrt zehn Minuten länger dauern. Kaum saß er im Bus, brach das Unwetter auch schon los. Dicke Regentropfen klatschten gegen die Scheiben des Busses, der nun sichtlich langsamer fuhr. In der Ferne leuchtete gelegentlich ein greller Blitz auf, gefolgt von Donnergrollen.

Samuel starrte auf die Straße, wo die Rücklichter der vorbeifahrenden Autos wie flammend rote Augen glühten. In dieser farblosen Regenwelt hatten sie etwas Hypnotisches an sich. Plötzlich kam ihm ein Gespräch in den Sinn, das er vor einiger Zeit mit Scarlett geführt hatte, nachdem im Fernsehen ein Bericht über die Robbenjagd gelaufen war. Wie sehr er sich über die Grausamkeit aufgeregt hatte, mit der diese Männer die Tiere abgeschlachtet hatten. Nur weil irgendwelche reichen Tussis sich neue flauschige Pelzmäntel wünschten. In diesem Moment war ihm das Leben so verdammt unfair erschienen.

»In einer perfekten Welt mit perfekten Menschen gäbe es solche Probleme nicht«, hatte Scarlett daraufhin traurig gesagt. »Aber diese Welt wurde nicht dazu geschaffen, perfekt oder fair zu sein.«

»Aber warum nicht?«, hatte er gefragt. »Was wäre so schlimm daran, wenn sie es wäre?«

»Weil wir dann überflüssig wären«, hatte Scarlett geseufzt. »Sieh mal, wir würden dann nicht leben, sondern nur funktionieren. Wie eine riesige Maschine, bei der ein Zahnrad ins andere greift. Keine Chance, sich zu entwickeln oder zu verändern, alle Individualität wäre ausgelöscht, denn alle wären gleich, weil niemand eine Schwäche hätte. Und das fändest du gut?«

Natürlich hatte er diese Vorstellung nicht gut gefunden. Es war auch keine Entschuldigung für all die Gräueltaten, die jeden Tag auf der Welt geschahen. Aber es bewies, dass Menschen Fehler machten, dass sie unperfekt waren, dass sie nun einmal waren, was immer sie gewesen sind, und dass das alles zum Leben dazugehörte. Er seufzte. Genau das war es, worüber er eigentlich mit Jan hätte reden müssen. Vielleicht hätte es ihm irgendwie geholfen. Samuel war damals jedenfalls von Scarletts Worten beeindruckt gewesen. Verdammt! Warum war ihm das nur nicht früher eingefallen?

»Zieh die nassen Schuhe aus, sonst kriegt meine Ma

eine Krise«, begrüßte ihn Scarlett an der Haustür. Anschließend zog sie ihn ungeduldig in die Wohnung, wobei sie wie ein Honigkuchenpferd grinste.

Samuel folgte Scarlett in ihr Zimmer, das ihn jedes Mal aufs Neue faszinierte. Mit seinen vielen Filmpostern in Schwarzweiß und Farbe – die alle das Gesicht von Scarlett O'Hara zeigten – wirkte es wie ein kleines Kitschmuseum. Die Sammlung der chinesischen Glücksdrachen, die in einem Regal verstaubte, und der riesenhafte rote Fächer, der wie ein Papierdrachen über Scarletts Bett hing, trugen ihr Übriges zu dem Eindruck bei. Einzige Ausnahme bildete ein Filmplakat von »Tiger & Dragon«, das an ihrem Schrank hing und so gar nicht zu dem übrigen Kram passen wollte. Aber Scarlett mochte eben Ang Lees Filme.

»Überraschung!«, rief Scarlett und wedelte mit zwei Tickets vor Samuels Nase.

»Was ist das?«

»Zwei Karten für das Handballspiel heute Nachmittag. Der VfL Gummersbach spielt in der Köln-Arena.«

»Ich weiß, aber …«

Scarlett sprang ihm an den Hals. »Ein Geschenk zum Zweijährigen.«

»Aber …«

»Ja, ja, wir haben gesagt, wir schenken uns nichts. Darum gibt's die Karten auch erst heute. Ich konnte einfach nicht widerstehen. Und ich dachte, wenn schon dein Training in den Ferien ausfällt, magst du bestimmt ein Spiel live gucken.«

»Wir hatten eine Abmachung«, protestierte Samuel schwach.

»Freust du dich denn nicht?«

Samuel zog sie zu sich heran: »Wie wahnsinnig!«, und lächelte.

»Super Spiel«, rief Samuel begeistert, als sie aus der Köln-Arena kamen. Er zog Scarlett an sich und küsste sie. »Das war das genialste Geschenk, das ich je bekommen habe!«

»Jetzt übertreibst du!«

»Nie und nimmer.«

Scarlett lachte und hakte sich bei ihm ein.

»Ich treffe mich nachher noch mit Mara und einer Freundin«, sagte sie auf dem Weg zum Deutzer Bahnhof. »Wir wollen ins ›Blue Light‹. Willst du nicht mitkommen?«

»Ach, lass mal.« Samuel winkte ab. »Das wird doch sicher so eine Art, na ja, Frauenabend.«

Scarlett lachte. »Klar, zuerst wählen wir den sexiesten Jungen unserer Schule, dann malen wir uns aus, was wir alles mit ihm machen würden, und später gehen wir zu Mara, um uns gegenseitig Lockenwickler einzudrehen und die Fußnägel zu lackieren. Du weißt ja, wir Mädchen stehen total auf so was!«

»Kann es sein, dass du dich gerade über mich lustig machst?«

»Aber nicht doch, wo denkst du hin?«

Gegen sieben traf Samuel zu Hause ein. Seine Eltern waren vom Einkaufen immer noch nicht zurück. Er ging rauf in sein Zimmer und schaltete den Fernseher ein. Zehn Minuten später hörte er, wie die Tür ging. Samuel lief nach unten, um ihnen beim

Tragen zu helfen. Natürlich nicht ohne Hintergedanken. »Du siehst echt fertig aus, Ma«, meinte er, nachdem sie die vollen Einkaufstüten in die Küche geschleppt hatten.

»War auch ein anstrengender Tag«, sagte sie und stellte den Zucker in den Vorratsschrank. »Trotz Ferien war ein Volk in den Geschäften unterwegs, du glaubst es nicht. Wir haben fast eine halbe Stunde an der Kasse angestanden. Himmel, dein Vater war kurz davor, die Geduld zu verlieren ...«

»Kann ich verstehen«, fiel Samuel ihr ins Wort. »Wie wäre es also, wenn du dich heute ausnahmsweise mal ausruhst und ich für uns koche?«

Seine Mutter, die gerade ein Glas Oliven aus der Einkaufstasche genommen hatte, sah ihn verdutzt an. »Du kannst doch gar nicht kochen.«

»Oh, stimmt ja.« Samuel kratzte sich mit gespieltem Erstaunen am Kopf. »In dem Fall wäre es sicher vernünftiger, wenn wir einfach Pizza bestellen, oder?«

Seine Mutter zog eine Braue hoch. »Daher weht der Wind also. Kein Wunder, dass du mir beim Auspacken hilfst.«

»Als ob ich das sonst nie täte. – Das heißt also ja?«

»Zum Kochen hab ich tatsächlich nicht viel ...«

Samuel hörte den Rest des Satzes schon nicht mehr. Er war längst auf dem Weg ins Wohnzimmer, um nach der Speisekarte des Lieferservices zu suchen. Er bestellte eine Familienpizza mit Thunfisch, Peperoni und extra Käse. Sein Magen knurrte gewaltig, als die Pizza erst gegen halb neun eintraf. Fast eine Stunde hatte der Lieferservice gebraucht. Dafür gab es jedenfalls kein Trinkgeld! Den Großteil der Pizza schlang Samuel in sich hinein. Seine Eltern schienen nicht besonders hungrig zu sein. Insbesondere nicht sein Vater, der so lange auf ein und demselbem Pizzastück herumkaute, dass Samuel sich bereits fragte, ob sie nicht längst seine Zähne knirschen hören müssten.

Gegen Viertel vor zehn ging er rundum gesättigt in sein Zimmer, setzte sich an seinen Schreibtisch und klappte seinen Laptop auf. Sein Vater hatte ihn ihm »vererbt«, nachdem er sich einen neuen gekauft hatte.

Samuel startete es.

Er hatte schon lange nicht mehr nach E-Mails geschaut. Vielleicht war eine von Lilly gekommen, seiner Brieffreundin aus Chicago. Als er sein Mail-Programm öffnete, wurde er enttäuscht. Keine Nachricht von Lilly. Also surfte er auf der Homepage von Greenpeace vorbei, durchstöberte die aktuellen Nachrichten und informierte sich über anstehende Projekte und Protestaktionen. Eines der Hauptthemen der letzten Zeit war der weltweite Klimawandel. Gefahren und Gegenmaßnahmen wurden diskutiert und natürlich die Intoleranz der Politik, die die Augen vor der Wahrheit verschloss.

In seinem Zimmer begann es dunkler zu werden. Samuel stand auf, weil er das Licht einschalten wollte. Vorher trat er ans Fenster, um den Rollladen herunterzulassen. Im selben Moment sah er es: ein kurzes Aufblitzen von Licht. Drüben im Haus der Rubens. Er beugte sich weiter vor und starrte mit zusammengekniffenen Augen zu dem Fenster hinüber, das seinem gegenüberlag. Es war das Gästezimmer.

Samuel runzelte die Stirn. Was ging da vor sich? Die Rubens waren schließlich im Urlaub!

Eine Weile blieb Samuel am Fenster stehen. Vielleicht waren es Einbrecher. Oder jemand beobachtet mich, schoss es ihm durch den Kopf. Schließlich konnte man von drüben direkt in sein Zimmer sehen. Vielleicht Kolwiz? Er musste schließlich auch mitbekommen haben, dass die Nachbarsfamilie weggefahren war.

Die Minuten vergingen. Fünf, zehn, fünfzehn Minuten … Nichts rührte sich nebenan. Alles blieb ruhig und dunkel. Plötzlich war Samuel sich gar nicht mehr so sicher, dass es den Lichtblitz wirklich gegeben hatte. Vielleicht war es ein Streich gewesen, den ihm seine Augen gespielt hatten, nachdem er über eine Stunde auf das grelle Display des Laptops gestarrt hatte und dann plötzlich ins Dunkle.

Du machst dich wegen Kolwiz noch ganz verrückt, dachte er. Vergiss den Typ einfach mal!

Samuel ließ den Rollladen runter und schaltete das Licht ein. Als er zu seinem Schreibtisch zurückkehrte, meldete ICQ, dass er eine Nachricht bekommen hatte.

11

Die Nachricht stammte von Jan.

Hi Sam, hab zufällig gesehen, dass du online bist …

Samuels Finger huschten über die Tastatur. Dann drückte er »Enter«. Im Chat-Feld erschien die Antwort:

Lang nichts mehr von dir gehört.

Können wir reden?

Leg los!

Nicht jetzt. Ich meine persönlich …

Klar.

Sehen wir uns Dienstagnachmittag vor dem GIG-Treffen? Ich brauch einfach noch ein paar Tage.

Samuel wäre es lieber gewesen, sie hätten gleich morgen miteinander gesprochen. Aber Jan jetzt zu drängen, wäre mit Sicherheit das Verkehrteste, was er machen könnte.

Wir könnten in der Stadt abhängen, schrieb Jan zurück. *Natürlich nur, wenn du willst. Ich kann verstehen, wenn du keine Lust hast.*

Mach dir darum mal keinen Kopf. Dienstag ist gebongt. Sagen wir um zwei?

Alles klar.

Bis dann ...

Samuel lehnte sich in seinem Schreibtischstuhl zurück. Er war gespannt darauf, welche Erklärung Jan für sein Verhalten abgeben würde. All der Ärger ... Wenn Jan nicht einen wirklich triftigen Grund hatte, würde er ihm höchstpersönlich den Hals umdrehen. Plötzlich legte sich ein Schatten über sein Gesicht. Und wenn Jan tatsächlich in den Terror gegen seine Familie verwickelt war? Was sollte er dann tun? Wie reagieren?

Er wusste es nicht.

Ein leises Schnauben kam ihm über die Lippen, dann beugte er sich vor, um in der obersten Schublade des Schreibtisches nach seinem Terminkalender zu suchen, in den er das Treffen mit Jan eintragen wollte. Aber er fand ihn nicht. Samuel runzelte die Stirn. Auf dem Schreibtisch lag er auch nicht. Er sah in den anderen Schubladen nach und fand ihn in der dritten wieder. Dorthin hatte er ihn noch nie gelegt. Seine Mutter musste mal wieder sein Zimmer »aufgeräumt« haben. Dabei wusste sie doch, wie sehr er das hasste!

Samuel trug den Termin mit Jan ein, dann ging er rüber zum Bett und löschte das Licht.

»Du musst die Polizei anrufen. Diese Kommissarin – wie hieß sie gleich – Buchinger.«

»Lerchinger«, hörte Samuel seinen Vater brummen. Er stand nur ein paar Schritte von der Küchentür entfernt. Weit genug, um nicht ins Blickfeld seiner Eltern zu geraten, aber immer noch nah genug, um verstehen zu können, worüber sie sprachen. Eigentlich war er heute – am Sonntag – so früh aufgestanden, um mit ihnen gemeinsam zu frühstücken. Früher war das mal »Tradition« gewesen. Aber in der letzten Zeit hatte auch das sich geändert.

»Ist ja auch egal«, sagte die Mutter.

Samuel hörte eine Tasse klirren.

»Du musst ihr von den Anrufen erzählen«, fuhr sie fort. »Bitte, Axel, es ist mir ernst!«

»In der Klinik erreichen uns jeden Tag irgendwelche Scherzanrufe. Meine Kollegen haben genauso darunter zu leiden.«

»Das ist nicht wahr und das weißt du! Himmel, ich …« Seiner Mutter versagte die Stimme. Samuel runzelte die Stirn. Wovon redete sie? Bei Scherzanrufen verständigte man doch nicht gleich die Polizei! »Axel«, sagte seine Mutter mit belegter Stimme. »Jemand droht dir, Herrgott, und du tust das als Scherz ab? Denk mal an die letzten Wochen. Bestimmt haben diese Anrufe etwas mit den Vorfällen zu tun.«

»Die Anrufe kamen nicht nach Hause, sondern in mein Büro.«

»Was macht das für einen Unterschied? Rede mit dieser Kommissarin. Sie kann dir helfen und du brauchst …«

»Vergiss es einfach! Ich hätte es dir nicht erzählen sollen«, unterbrach Samuels Vater sie barsch. »Du weißt, dass ich das nicht kann. Sie würde Fragen stellen. Lass uns jetzt nicht streiten. Wenn der Junge uns hört …«

»Wovon zum Teufel redest du?« Samuel hatte genug mitbekommen. Er stand nun im Eingang zur Küche und funkelte seinen Vater zornig an. Die ganze Zeit über hatte er so getan, als ob er sich die Terrorattacken auf ihre Familie nicht erklären konnte, und jetzt stellte sich heraus, dass es da etwas gab, das sein Vater geheim zu halten versuchte. Und das nicht nur vor ihm, sondern auch vor der Polizei. Samuel fühlte eine entsetzliche Wut in sich aufsteigen. Seine Hände, die er in den Taschen seiner Jeans zu Fäusten geballt hatte, knackten. »Was ist jetzt?«

Sein Vater starrte ihn an. Aus dunklen, unergründlichen Augen. »Setz dich«, sagte er.

Es war das Letzte, was Samuel jetzt wollte. Er tat es trotzdem, weil er wissen wollte, was sein Vater zu sagen hatte.

»Möchtest du etwas trinken?«, fragte seine Mutter.

»Nein.«

»Ich kann verstehen, dass du verärgert bist. Du glaubst, wir hätten Geheimnisse ...«

»Ich glaube es nicht nur, ich weiß es. Ich hab's schließlich mit eigenen Ohren gehört«, fiel ihm Samuel wutschnaubend ins Wort.

Sein Vater seufzte. »Du weißt gar nichts. Was du gehört hast, war aus dem Zusammenhang gerissen. Es ist ganz anders, als du denkst.« Er sah Samuel mit einem um Verständnis heischenden Blick an. »Es gibt einfach Dinge, Sam, über die kann ich nicht mit dir sprechen, weil sie mit meiner Arbeit zu tun haben.«

»Willst du mir jetzt mit deiner Scheiß-Schweigepflicht kommen? Pah! Warum weiß dann Ma Bescheid?«

»Also schön«, sagte sein Vater. Sein Tonfall hatte

sich geändert. Er klang nun seinerseits verärgert. »Es gibt Dinge, die kannst du nicht verstehen, weil du einfach noch zu jung dafür bist. Finde dich damit ab!«

»Ja, ja, so läuft das immer.« Samuel war von seinem Platz aufgesprungen. »Wenn ihr nicht weiterwisst, kommt ihr immer mit dieser Masche. Aber ich bin kein Kind mehr!«

»Wie du meinst«, sagte sein Vater scharf. »Dann sage ich es dir jetzt, wie ich es einem Erwachsenen sagen würde: Es geht dich nichts an, Sam!«

Samuel starrte ihn einen Moment lang verblüfft an. Dann drehte er sich um und stürmte aus der Küche. Sobald er in seinem Zimmer war, warf er die Tür mit einem Ruck hinter sich zu. Der Knall war so laut, dass selbst die Nachbarn es gehört haben mussten. Samuel war es egal. Er war wütend und verwirrt zugleich. Die Angriffe auf seine Familie hatten also wahrscheinlich was mit seinem Vater zu tun. Aber was war mit dem blauen Wagen, der ihn verfolgt hatte? Oder waren das zwei Paar Schuhe, die nichts miteinander zu tun hatten?

Er warf sich aufs Bett, vergrub sein Gesicht im Kissen und brüllte seinen Ärger und Frust heraus. Was war nur los mit dieser Welt? Absolut jeder schien etwas vor ihm zu verbergen. Gab es überhaupt noch jemanden, dem er vertrauen konnte?

Sein Zorn verrauchte nur langsam. Anschließend fühlte er sich ausgelaugt und irgendwie auch traurig. Es war jene Art von Melancholie, die einen manchmal überkommt, wenn man an einem verregneten Herbsttag aus dem Fenster blickt und zusieht, wie der Wind die letzten welken Blätter von den Bäumen zerrt, und die Welt in grauer Trostlosigkeit versinkt.

Samuel fühlte sich verraten. Verraten von den Menschen, denen er vertraute, sie ihm aber anscheinend nicht. Wie sonst ließ sich erklären, dass sein Vater ihm nichts darüber erzählen wollte, worum es bei dieser Sache ging? Er sog scharf die Luft ein. Allein der Gedanke machte ihn schon wieder wütend. Er wandte den Kopf zur Seite, starrte auf Scarletts Foto. Was stimmt nicht mit meiner Familie?, fragte er sie stumm. Und wovor hat mein Vater solche Angst, dass er nicht einmal die Polizei einschalten möchte?

Es klopfte an seiner Tür.

»Ja?«

Es war seine Mutter. Wie immer hatte sie etwas zu essen bei sich, das sie auf dem Schreibtisch abstellte. Als würde er gleich verhungern, wenn er mal das Frühstück ausfallen ließ.

»Alles in Ordnung?«, fragte sie.

»Was glaubst du?«, brummte Samuel.

»Du darfst deinem Vater nicht böse sein. Er versucht dich nur zu schützen.«

Er sah ihr direkt in die Augen. »Wovor?«

Sie zögerte und wich seinem Blick aus.

Samuel richtete sich auf seinem Bett auf und bemerkte, dass ihre Augen seltsam leer wirkten. Woran sie wohl gerade dachte? Er könnte sie fragen, aber er wusste nur zu gut, dass es nichts bringen würde. Sie drehte sich langsam um und schritt auf die Tür zu. Plötzlich fiel Samuel etwas ein. »Hast du in meinem Zimmer aufgeräumt?«

Seine Mutter schüttelte den Kopf. »Du hast mir deutlich gesagt, dass du das nicht willst.«

»Und du warst auch nicht an meinem Schreibtisch?«

»Nein, warum fragst du?«

»Nur so«, sagte er und dachte an den falsch einsortierten Terminkalender.

Sie zuckte die Schultern und ging hinaus.

Samuel ließ sich zurück in sein Kissen sinken. Konnte er seiner Mutter überhaupt glauben? Andererseits hätte sie keinen Grund, seinen Terminkalender zu durchstöbern. Wenn er das Haus verließ, machte er gewöhnlich keinen Hehl daraus, was er vorhatte. Und wenn er wieder mal planen würde, in Kolwiz' Schuppen einzubrechen, fände sie darüber bestimmt keine Notiz in seinem Kalender. So naiv konnte sie nun wirklich nicht sein. Allerdings würde das bedeuten, dass jemand anderes in seinen Sachen herumgeschnüffelt hatte. Und dafür kam nur einer infrage: der Psycho.

O verdammt, es reicht, dachte Samuel. Mit all diesen verrückten Verdächtigungen machte er sich bloß selbst fertig. Ich muss raus hier, sagte er sich. Frische Luft schnappen, meine Freunde treffen …

Samuel lief nach unten, um das Telefon zu holen. Nachdem er wieder in seinem Zimmer war, rief er Scarlett an. Zuerst wollte er ihr nichts über den Streit mit seinem Vater erzählen. Doch Scarlett, die einen sechsten Sinn dafür zu haben schien, wenn Samuel ihr etwas vormachte, hatte ihn schnell durchschaut. Also erzählte er ihr, was vorgefallen war.

»Was hast du jetzt vor?« Sie klang beunruhigt.

»Ich weiß es nicht«, gestand ihr Samuel. »Ich weiß nur eins. Ich muss raus hier. Lass uns irgendetwas unternehmen.«

»Treffen wir uns in einer halben Stunde im ›Study‹«, meinte Scarlett. »Dann können wir uns immer noch überlegen, was wir machen!«

Samuel legte auf.

Scarlett war einfach die Beste. Wenigstens auf sie konnte er sich verlassen.

12

Es war Dienstag, kurz vor zwei, und Samuel befand sich auf dem Weg zu Jan. Er ging schnell, trotz der Hitze, die ihn schon bald schwitzen ließ. Es war ihm egal. Die Neugier brannte ihm unter den Nägeln. Gleich würde er endlich erfahren, was mit seinem besten Freund los war. Gleichzeitig hatte er auch Angst davor. Wenn Jan ihm etwas zu sagen hatte, das ihm überhaupt nicht gefallen würde. Etwas … Er schob den Gedanken beiseite. In seinem Bestreben, möglichst schnell zu Jan zu kommen, achtete Samuel nicht auf den Verkehr und lief, ohne richtig hinzusehen, auf die Straße hinaus.

Wildes Gehupe.

Samuel wandte sich erschrocken um. Ein dunkelblauer Audi hielt genau auf ihn zu. Am Steuer saß Kolwiz, der ihn grimmig anlächelte. Wieder hupte er, ohne auch nur ein bisschen langsamer zu werden. Samuel erwachte aus seiner Erstarrung und sprang zur Seite – gerade noch rechtzeitig. Der Luftzug des vorbeirasenden Autos wirbelte ihm Staub ins Gesicht, der ihn blinzeln ließ und sich wie ein dünner Film über sein verschwitztes Gesicht legte. Mit rasendem Herzen stand er am Straßenrand und starrte Kolwiz fassungslos hinterher.

»He, Rita, hast du den Idioten gesehen?«

Samuel drehte sich nach der Stimme um. Hinter ihm an der Bushaltestelle stand das seltsamste Pärchen, das er seit Langem gesehen hatte. Die Frau war alt, trug dennoch eine dieser modernen Sonnenbrillen mit kleinen runden Gläsern. Ihr langes Haar, das bereits ergraut war, schimmerte im Sonnenlicht silberweiß. Das Erstaunlichste an ihr war jedoch ihre Kleidung. Sie trug mehrere Schichten von Röcken und Strickjacken, trotz des heißen Wetters. Nichts davon wirkte neu. Neben ihr stand ein Teenager. Kaum älter als Samuel. Er hatte grünes Haar und eine Zigarette hing ihm aus dem linken Mundwinkel. »Alles in Ordnung?«, wollte er wissen.

Samuel nickte.

»Sicher, Jungchen? Siehst nich' so aus!«

»Ja, ja … danke.«

Die Alte zuckte die Schultern und drehte sich zu dem Grünhaarigen um.

Samuel wandte sich von den beiden ab und ging weiter. Er war noch nicht ganz um die Ecke gebogen, da hatte er sie schon wieder vergessen. Sein Herz bumperte noch immer wild in seiner Brust. Kolwiz hätte ihn fast überfahren. »Dieser Arsch«, fluchte Samuel. Der konnte sie wirklich nicht mehr alle haben! Ich sollte zur Polizei gehen und ihn anzeigen, dachte Samuel. Nur würde das nichts bringen. Es war ja nichts passiert und schließlich war er der Depp gewesen, der, ohne zu gucken, auf die Straße gerannt war. Samuel knirschte mit den Zähnen. Das würde Kolwiz noch bereuen. Bei der nächsten Gelegenheit würde er ihm das heimzahlen!

Samuel wollte gerade die Klingel drücken, als sich die Tür öffnete und Jan vor ihm stand. Er musste ihn erwartet haben. Samuel musterte seinen besten Freund aufmerksam. Jan sah blass aus, wie nach einer Grippe, von der er sich immer noch nicht ganz erholt hatte.

»Hi«, murmelte er verlegen.

»Hallo, Jan. Wollen wir gleich los?«

Er nickte und zog die Tür hinter sich zu. Auf dem Rücken trug er einen ausgebeulten Rucksack. »Ich wollt noch zum Neumarkt«, sagte er, ohne Samuel anzusehen. »In die Stadtbücherei. Muss ein paar Bücher abgeben.«

»Bevor ich es vergesse«, sagte Samuel. »Ich hab hier noch was von Marek für dich.« Er gab ihm den Zwanzigeuroschein.

»Ja, äh, danke.« Jan steckte ihn hastig ein.

Sie fuhren mit der Bahn in die Innenstadt. Samuel bemühte sich, das Gespräch aufrechtzuerhalten, das äußerst stockend verlief. Jan sagte nur sehr wenig. Auf Fragen antwortete er nur das Nötigste. Ja – Nein – Vielleicht. Zudem wich er Samuels Blick immer wieder aus, als schäme er sich für irgendetwas.

Samuel verdrehte die Augen, als sein Freund nicht hinsah.

Das war ja zum Verrücktwerden. Jan verhielt sich so, als fürchtete er, Samuel könnte jeden Moment ausrasten und ihn zur Sau machen. Dabei hatte er Jan nicht einen einzigen Vorwurf gemacht. Bisher hatte Jan nicht ein Sterbenswörtchen darüber verloren, was in der letzten Zeit mit ihm los gewesen war. Noch hatte er also keinen Grund, wie ein geprügelter Hund neben ihm herzuschleichen.

Eineinhalb Stunden verbrachten sie in der Bücherei, weil Jan sich unbedingt noch neue Bücher ausleihen wollte. Dutzende griff er aus dem Regal, las sie an oder blätterte darin herum, bevor er sie zurückstellte. Samuel wurde immer ungeduldiger. Jan versuchte doch nur Zeit zu schinden.

»Es reicht«, sagte Samuel entschieden. »Ich will hier raus!«

Jan widersprach nicht einmal.

»Also, wo willst du hin?«, fragte Samuel übellaunig, nachdem sie die Bücherei verlassen hatten.

Jan zuckte die Achseln.

Samuel gelang es nur mit Mühe, sich zu beherrschen. Er kochte innerlich. Am liebsten hätte er Jan bei den Schultern gepackt und ihn ordentlich durchgeschüttelt. Natürlich tat er es nicht. Er befürchtete, dass Jan nur wieder davonlaufen würde, wenn er sich unter Druck gesetzt fühlte. »Gehen wir was essen«, brummte er. »Ich hab Hunger.«

Jan nickte.

Sie gingen zu »Burger King«, suchten sich einen freien Platz und verdrückten jeder einen Burger mit Pommes. Samuel unternahm einen letzten Versuch, Jan zum Reden zu bewegen. Dieses Mal versuchte er es mit einer anderen Taktik. Er fragte Jan nicht direkt, sondern lenkte das Gespräch auf Mara. Sie hatte ihn beim letzten Mal völlig aus der Fassung gebracht. Vielleicht fiel es ihm leichter zu sagen, was er zu sagen hatte, wenn sie sich erst mal unterhielten.

»Sie mag dich wirklich«, sagte er und knabberte an einer Fritte. »Ich meine ...« Er zögerte. Ach, was soll's, dachte er dann und fuhr fort: »Scarlett hat mir gesagt, dass Mara sich schon vor einiger Zeit in dich verguckt hat.«

»Ich weiß«, sagte Jan und biss in seinen Burger.

»Und?«

Jan deutete auf seinen vollen Mund. Also wartete Samuel, bis er runtergeschluckt hatte. »Was ist mit dir? Magst du sie auch?«

Jan nickte leicht. »Als Freundin«, fügte er rasch hinzu. »Sie ist ... nun ja, ich mag sie wirklich, aber da ist einfach nicht mehr.«

»Ist es das, was dir zu schaffen macht?«

Jan bekam rote Flecken im Gesicht.

»Warum redest du nicht mit ihr? Sie wird dir nicht gleich den Kopf abreißen, nur weil du nichts von ihr willst.«

Jan ließ den Burger zurück aufs Tablett sinken. »Das ist es nicht«, murmelte er und wich Samuels Blick aus. »Es ist ...«

Samuel saß plötzlich kerzengerade auf seinem Platz. Gebannt starrte er Jan an, dessen Wangenknochen deutlich arbeiteten. Worauf wartest du noch?, dachte er. Rück schon raus!

»Weißt du, ich ...« Jan brach neuerlich ab. »Ach, vergiss es!«

Samuel war stinksauer. Er hatte gedacht, sie hätten

sich zum Reden getroffen. Doch Jan zog im Grunde die gleiche Show ab wie schon die Wochen zuvor. Jeglicher Appetit war ihm vergangen. Sie verließen »Burger King« und machten sich auf zu den GIGs. Den ganzen Weg zur Bahn lief Jan stumm und mit gesenktem Kopf neben ihm her.

Samuel trat nach einer zerbeulten Cola-Dose, die vor ihm auf der Straße gelegen hatte, wofür er böse Blicke von vorbeieilenden Passanten erntete, was ihm jedoch egal war. Er hatte so was von die Schnauze voll! Er war nur froh, gleich Scarlett zu sehen. Sie würde ihn ablenken und auf andere Gedanken bringen, was zu Jans Bestem sein würde. Im Moment brauchte Samuel ihn nur anzusehen und schon kochte die Wut in ihm hoch.

Als sie bei den GIG's eintrafen, waren nur wenige Mitglieder dort. Die meisten waren kurzfristig mit Wolf zu einem Kölner Straßenfest gegangen, um dort schon mal Flyer für die Green-Night-Disco zu verteilen, die Scarlett, Samuel und Jan entworfen hatten.

»Was ist?«, fragte Scarlett, als Jan gerade nicht hinhörte.

Samuels Gesicht verdüsterte sich. »Ich hab alles versucht. Dabei wollte er sich mit mir treffen, um zu reden. Ich weiß nicht weiter. Am liebsten würde ich ihm eine reinhauen, damit er zur Vernunft kommt!«

»Er ist dein bester Freund«, zischte Scarlett empört.

Samuel rollte mit den Augen. »Mensch, das würde ich nie wirklich tun. Es ist nur …« Er schüttelte den Kopf. »Ich bin furchtbar sauer auf ihn. Den ganzen

Tag tut er schon so, als würde ich ihm den Kopf abreißen, wenn er nur Piep sagt.«

»Er ist nervös. Das ist alles – glaube ich jedenfalls.« Scarlett verzog das Gesicht. »Jetzt haben wir noch ein weiteres Problem.«

»Wovon redest du?«

»Na ja«, druckste sie herum. »Ich dachte, du und Jan würdet die Sache heute Nachmittag aus der Welt schaffen und dann wäre wieder alles klar. Darum hab ich auch Ja gesagt, als Mara fragte, ob wir vier uns nach den GIGs treffen wollen.«

Samuel gab einen lang gezogenen Seufzer von sich.

»Was ist los?«, fragte Jan, der gerade zu ihnen stieß.

Samuel sah ihm direkt ins Gesicht. »Womit habe ich nur Freunde wie euch verdient?«

Jan wurde erst weiß, dann lief er puterrot an. Er murmelte etwas Unverständliches vor sich hin und wollte sich bereits wieder abwenden, als Scarlett sagte: »Mara hat gefragt, ob wir uns später treffen.«

Jan sah sie überrascht, aber auch ein wenig schockiert an. »Ich ... ich wollte nachher noch ...«

»Du kommst mit«, brummte Samuel. »Du schuldest mir was – für heute Nachmittag.«

»Aber ...«

»Wir haben unsere ganze Zeit in dieser blöden Bücherei vergeudet. Zur Abwechslung wirst du mal nicht den Buhmann spielen. Alles klar?«

Jan schnaubte. »Hör mal, ich bin nicht ...« Plötzlich verstummte er wieder. Ganz so, als wäre ihm mit einem Mal klar geworden, dass er Samuel tatsächlich etwas schuldete.

Gegen neunzehn Uhr trafen sie sich mit Mara am Neumarkt. Von dort aus ging es ins »Blue Light«. Einem Bistro, nahe der Innenstadt. Wie der Name schon sagte, war das Innere in verschiedenen Blautönen ausgeleuchtet. Angefangen von einem intensiven Azurblau über dem Barbereich bis hin zu einem tiefen Nachtblau, das rhythmisch über der kleinen Tanzfläche flackerte, wo einige Paare eng umschlungen zu der Musik tanzten, die im Hintergrund spielte.

»Heute ist wohl Honeymoon-Party«, meinte Mara und zwinkerte Jan zu, der es ignorierte.

»Lässt sich wohl nicht ändern«, sagte Scarlett, »obwohl die Musik sonst schon besser ist als dieses Schalala-Gedudel.«

Sie suchten sich einen Tisch in einer ruhigen Ecke, wo es noch genug freie Plätze gab, während die Studentenmeute, die zu den Stammgästen des »Blue Light« zählte, an der Bar herumlungerte. Es war Happy Hour.

Es wurde ein fröhlicher, ausgelassener Abend. Selbst Jan gab sich alle Mühe, seine übliche miese Laune zu überspielen. Zwar sagte er kaum ein Wort, zog dafür aber auch kein Gesicht. Samuel genoss diese Ablenkung. Für ein paar Stunden war es ihm möglich, einmal abzuschalten. Einfach mal den Frust und Ärger der letzten Zeit zu verdrängen. Einen Großteil des Abends verbrachten Scarlett und er auf der Tanzfläche, wo sie eng aneinandergeschmiegt tanzten. Ihr Kopf lehnte an seiner Schulter, während Samuel seine Nase in ihrem duftenden schwarzen Haar vergraben hatte. Es lief gerade Annie Lennox' »Love Song for a Vampire«.

Er zog sie eng an sich. »Mmh, du riechst so gut.«

Sie lachte leise.

»Wollen wir nicht für immer so weitermachen? Was meinst du? Lass uns die Welt vergessen und bis in alle Ewigkeit tanzen.«

»Das würde mir gefallen!« Sie küsste ihn aufs Ohr. »Aber das geht nun mal nicht. Und das weißt du!«

»Dann lass uns wenigstens so tun als ob.«

Spät in der Nacht brachten Samuel und Jan erst die Mädchen nach Hause, anschließend machten sie sich selbst auf den Heimweg. Als sie jedoch zur Haltestelle kamen, mussten sie feststellen, dass sie die Bahn gerade verpasst hatten. Die nächste würde erst in einer halben Stunde fahren.

»Wir könnten zu Fuß gehen«, schlug Jan vor.

»Dann sind wir fast eine Dreiviertelstunde unterwegs«, wandte Samuel ein.

»Und? Du hast doch nichts mehr vor, oder?«

»Na, also, meinetwegen«, sagte Samuel und unterdrückte ein Gähnen.

Sie trotteten los.

Die ersten fünf Minuten sagte keiner ein Wort. Samuel bereute bereits, dass er sich darauf eingelassen hatte. Er war müde und seine Beine wurden mit jedem Schritt schwerer. Das würde die längste Dreiviertelstunde seines Lebens werden. Und irgendwie hatte er gehofft, Jan würde diese Gelegenheit nutzen, um doch noch mit ihm zu reden. Aber da hatte er sich wohl getäuscht. Er öffnete den Mund, um seinem Freund vorzuschlagen, zur Haltestelle zurückzukehren, als Jan sagte: »Ich muss mit dir reden.«

Schlagartig fiel alle Müdigkeit von Samuel ab. »Ich höre!« Ihm schwante Übles. Jetzt kommt's, dachte er.

»Ich ... ich ... Ach, verdammt, warum fällt es mir nur so schwer?« Jan blickte betreten zu Boden. Seine Lippen, die er fest zusammengepresst hatte, zitterten leicht.

»Geht es um den Terror gegen meine Familie?« Die Worte waren ihm rausgerutscht, bevor er sich ihrer richtig bewusst gewesen war.

Jan sah ihn verwirrt an. »Was? Ich ... nein, überhaupt nicht.«

Es war, als wäre ein tonnenschweres Gewicht von ihm genommen worden, so erleichtert fühlte sich Samuel mit einem Mal. »Worum geht's dann?« Er musterte Jan auffällig von der Seite. »Und was hat Marek damit zu tun?«

»Es ist nicht das, was du denkst.« Jan wandte den Blick ab. »Jedenfalls macht er mir keinen Ärger. Im Gegenteil, er versucht mir zu helfen.«

»Dann hat er dich nicht erpresst ... Ich meine, wofür hast du ihm das Geld gegeben?«

»Geld? Ach so, das meinst du. Er wollte sich was kaufen, hatte aber zu wenig dabei. Darum hab ich es ihm geliehen.«

Das klang nach der absurdesten Ausrede, die Samuel je gehört hatte. »Na, hör mal«, sagte er, »wie kommt es, dass du jemandem freiwillig Geld leihst, den du nicht leiden kannst?«

»Was? Wer sagt, dass ich Marek nicht mag?«

»Machst du Witze?« Samuel wollte seinen Ohren nicht trauen. »Jedes Mal, wenn ihr aufeinandertrefft, verhältst du dich, als wäre er dein Erzfeind Nummer eins.«

»War ich wirklich so ein Arschloch?«, fragte Jan beschämt.

Samuel starrte ihn fassungslos an. Hatte Jan das gerade wirklich gesagt? Das machte keinen Sinn! Jan hatte Marek die ganze Zeit über wie den Buhmann behandelt, der ihm sonst was angetan hatte, und jetzt sagte er, dass es im Grunde umgekehrt war. Dass Marek ihm nur helfen wollte und er ihn nur mies behandelt hatte? »Ich verstehe überhaupt nichts mehr.«

Jan lachte auf. Es war ein bitteres Lachen. »Das glaub ich dir gern.« Er biss sich auf die Unterlippe. »Marek ist in Ordnung. Mehr als das. Er …« Wieder verstummte Jan. Für eine Weile waren die Autos, die gelegentlich an ihnen vorüberfuhren, das einzige Geräusch, während sie selbst stumm wie Gespenster durch die Nacht wanderten.

Samuel, der hin und wieder zu seinem Freund hinüberblickte, sah deutlich den inneren Kampf, der sich auf seinen Zügen widerspiegelte. Jan stand kurz davor, ihm etwas Wichtiges zu sagen, aber irgendwie brachte er es nicht über die Lippen. »Also gut«, sagte Samuel da. »Egal, was du getan hast, ich werde dir deswegen weder den Kopf abreißen noch unsere Freundschaft aufkündigen. Mensch, du bist mein bester Freund! Kapierst du das nicht? Ich werde immer zu dir halten!«

Jan schluckte hörbar. »Versprichst du es?«

Samuel legte die rechte Hand auf die Brust. »Ich schwöre es dir sogar!«

»Ich … ich mach mir gerade fast in die Hosen,

weißt du.« Jan lächelte schwach. »Ich hab noch nie richtig mit jemandem darüber gesprochen. Auch nicht mit Marek, der ist von sich aus drauf gekommen und ...«

»Heulst du etwa?«

Jan fuhr sich mit der Hand hastig übers Gesicht.

»Entschuldige, ich wollte nicht ... Na, du weißt schon«, druckste Samuel herum. »Erzähl einfach weiter.«

»Na ... na schön!« Jan stotterte jetzt fast. »Ich ... bin ... schwul! Jetzt weißt du es! Das war es, was ich dir die ganze Zeit sagen wollte! Und ... Scheiße!«

Ach Gott, dachte Samuel. Und ich hab gedacht, er würde Drogen nehmen oder so ...

Jan, der stehen geblieben war, starrte ihn aus großen Augen erwartungsvoll an. »U-und?«

Samuel fiel es plötzlich unglaublich schwer, ein Grinsen zu unterdrücken. »Hm«, machte er und runzelte dabei die Stirn. »Gehörst du dann nicht in Quarantäne?«

»Was?«

»Ich hab gehört, das soll ansteckend sein.« Samuel konnte regelrecht sehen, wie das Blut aus Jans Gesicht wich und er jegliche Farbe verlor. »Das war ein Scherz«, fügte er trocken hinzu.

Jans Miene verdüsterte sich.

»Das war meine Rache für die letzten Monate.« Samuel grinste. »Du absoluter Vollidiot! Nur deshalb hast du mich und die anderen fast in den Wahnsinn getrieben?«

»Nun, ich wusste ja nicht, wie ihr reagieren würdet«, sagte Jan kleinlaut. »Außerdem …« Er schluckte. »Das heißt also, dass wir trotzdem noch Freunde sind?«

»Nicht ›trotzdem‹, sondern wie bisher.«

Jan lächelte. »Danke.«

»Wofür?«

»Ach, du kannst dir das nicht vorstellen. Mir gingen Tausende von Dingen durch den Kopf, als ich es wusste. Meistens irgendwelche Horrorszenarien, in denen ihr mich als pervers beschimpft und mich aus der Clique geworfen habt. Glaub mir, ich hatte noch nie so viel Angst im Leben wie vor diesem Augenblick.« Er seufzte.

Samuel schüttelte den Kopf. »Wie kann man nur so beklopptes Zeug denken? Na ja, ein bisschen sauer bin ich jetzt trotzdem auf dich. Deinetwegen hab ich Marek ziemlich blöde angeblafft, weil ich dachte, er würde dir Ärger machen.«

Jans Gesicht wechselte die Farbe zu einem leuchtenden Rot. »Marek hat es wohl irgendwie geahnt. Er wollte die ganze Zeit nur reden, aber ich war einfach nicht bereit.«

»Da ist wohl 'ne dicke Entschuldigung fällig, was?«

Jan zuckte die Schultern. »Ja, hm, ich glaub schon.«

»Aber hundertprozentig!«

»Es ist nur …«

»Ja?«

»Ich weiß nicht, wie ich es anstellen soll.«

Samuel verdrehte die Augen. »Nun hör mal, was ist so schwierig daran, Entschuldigung zu sagen. Er hat es …« Er verstummte, neigte den Kopf zur Seite und fing wieder an zu grinsen. »Ach so ist das«, sagte er dann.

»Was meinst du mit: Ach so ist das?«, fragte Jan misstrauisch.

»Als ob du das nicht wüsstest.«

Jan kniff die Augen zusammen und stierte ihn finster an.

»Ha, es ist dir peinlich!«

»Natürlich ist es mir peinlich«, fauchte Jan.

»Und? Hast du ihn schon wegen eines Dates gefragt?«, zog ihn Samuel auf.

»Halt die Klappe!« Jan stapfte davon.

Samuel lief ihm lachend hinterher. »Stell dich mal nicht so an!«

Für eine Weile verfielen sie wieder in Schweigen, bis Jan schließlich fragte: »Was ist mit Scarlett und Mara?«

»Was sollte mit den beiden sein?«, wollte Samuel wissen.

»Würdest du es ihnen sagen?«

»Drückeberger!«

Jan grummelte etwas Unverständliches vor sich hin.

»Wenn du willst, mache ich es. Allerdings finde ich, du bist es ihnen schuldig, es selbst zu tun.«

Jan seufzte. »Wahrscheinlich hast du recht.«

Bald darauf bogen sie von der Hauptstraße in eine schmale Gasse. Eine Abkürzung, die durch eine Häuserflucht führte, die sich wie dunkle Wehrmauern zu ihren Seiten erhob. Hinter den Fenstern brannte nur noch vereinzelt Licht. Straßenlaternen gab es nur wenige und die standen so weit auseinander, dass sich die Nacht zwischen ihnen umso dichter zusammenzog. Diese Straße sieht wie eine typische Kulisse aus einem billigen Gangsterfilm aus, dachte Samuel. Er hätte über diesen Gedanken gelacht, hätte ihm nicht dieses komische Gefühl im Nacken gesessen. Vorahnung? Plötzlich war da ein Auto hinter ihnen. Samuels Kopf schnellte herum, als hätte ihm jemand eine Verwünschung hinterhergebrüllt. Aber der Wagen hielt gleich am Anfang der Gasse. Das Licht ging aus und Samuel atmete auf.

»Was hast du?«, fragte Jan, woraufhin Samuel ihm von dem Vorfall am Mittag erzählte, als Kolwiz ihn fast überfahren hätte.

»Der Typ hat sie nicht mehr alle. Das kannst du dir nicht gefallen lassen, du musst etwas tun.«

»Etwa zur Polizei gehen? Es ist schließlich nichts passiert und ich war der Trottel, der, ohne hinzugucken, auf die Straße gerannt ist.«

»Trotzdem«, beharrte Jan. »Er hat dich gesehen, er hätte bremsen müssen!«

»Klar, aber beweis ihm das mal. Der wird sagen, dass ihn die Sonne geblendet hat oder sonst was.«

»Hm.«

Samuel schüttelte den Kopf. »Ich …«

»Pass auf!«, schrie Jan mit einem Mal. Er riss Samuel zur Seite, sodass die beiden hart gegen eine Hauswand prallten. Im selben Moment raste ein dunkles Auto an ihnen vorüber. Ohne anzuhalten, rauschte es bis zum Ende der Straße durch, wo es mit quietschenden Reifen verschwand.

Samuel lehnte keuchend an der Mauer. »Wenn du nicht so schnell reagiert hättest, würde ich jetzt Kühlerfigur spielen – danke!«

»Der Idiot hatte nicht mal Licht an. Bestimmt wieder so ein Besoffener …« Er zögerte und wandte das Gesicht Samuel zu. »Oder glaubst du …«

»Kolwiz«, murmelte Samuel. »Ich würde drauf wetten!«

»Hast du sein Auto erkannt?«

»Dafür war es zu dunkel.« Samuel blickte finster die leere Straße entlang. »Ihm muss doch klar sein, dass ich es meinen Eltern erzählen werde.«

»Hm, vielleicht will er das ja sogar«, meinte Jan.

»Wie meinst du das?«

»Wenn er der Psycho ist, dann ist es doch genau das, was er will. Eure Familie terrorisieren.« Plötzlich kratzte sich Jan am Kopf. »Es gibt nur ein Problem: Wie hätte er wissen sollen, dass wir ausgerechnet um diese Zeit durch diese Straße gehen?«

Samuel dachte an seinen Terminplaner, den er in der falschen Schublade gefunden hatte. Konnte es Kolwiz gewesen sein, der in seinem Zimmer geschnüffelt hatte? In dem Fall wusste er von dem heutigen GIG-Treffen. Von der alten Villa hätte er ihnen leicht den ganzen Abend über folgen können …

13

Es war Viertel vor zwei und in Kolwiz' Wohnzimmer brannte noch Licht. Für ihn wäre es ein Leichtes gewesen, vor Samuel wieder daheim zu sein. Er hielt nach Kolwiz' Audi Ausschau, aber der stand wohl in der Garage. Samuel fluchte. Zu gern hätte er geprüft, ob die Kühlerhaube noch warm war. Er warf einen Blick über die Straße, dann wechselte er die Seite. Durch den Vorgarten schlich er zu Kolwiz' Wohnzimmerfenster. Der Rollladen war nur zu drei Viertel heruntergelassen, sodass Samuel durch den Spalt einen Blick ins Innere werfen konnte.

Kolwiz saß in einem braunen Ledersessel und starrte auf den Fernseher, wo gerade ein Kriegsfilm lief. Vor ihm auf dem Tisch stand eine angebrochene Flasche Rotwein, daneben ein halb leeres Glas. Hast gerade auf dich und deine tollen Aktionen angestoßen, was?, dachte Samuel wütend. In dem Moment drehte Kolwiz den Kopf zum Fenster, als hätte er etwas gehört. Hastig duckte Samuel sich und eilte gebückt davon.

Zu Hause war niemand mehr wach. Samuel schlich die Treppe im Dunkeln hoch, um seine Eltern nicht zu wecken. Womöglich kam seine Mutter sonst noch auf die Idee, ihn mitten in der Nacht mit Fragen zu überfallen, wo er so lange gewesen sei und warum er nicht angerufen habe. Vor allen Dingen hatte Samuel keine Lust, ihr von dem verrückten Autofahrer zu erzählen, das würde nur in einem ihrer hysterischen Anfälle enden.

Jedenfalls konnte es so nicht weitergehen. Es musste etwas passieren, damit dieser Horror endlich ein Ende fand. Wenigstens hatte er Jan das Versprechen abringen können, Scarlett und Mara vorerst nichts von dem Autofahrer zu erzählen.

Samuel kroch völlig übermüdet in sein Bett, dennoch blieb er noch lange wach. Selbst nachdem er eingeschlafen war, fand er keine richtige Erholung. Die ganze Nacht über fiel er von einem Albtraum in den anderen und in jedem spielte Kolwiz eine Rolle. Mal versuchte er Samuel in einer Badewanne voller Blut zu ertränken, dann wieder verfolgte er ihn irre lachend mit einer Axt. Am Allerschlimmsten war der Traum, in dem Kolwiz wie sein Vater aussah, wie ein Wahnsinniger auf ihn einschlug und ihm seinen Hass gegen Schwarze ins Gesicht schrie. Voller Grauen erwachte Samuel aus diesem letzten Albtraum. Heftig keuchend und schweißgebadet. Er musste erst einmal seine Beine aus dem zerknäulten Bettlaken befreien, bevor er sich aufrichten konnte.

Was für eine Nacht, dachte er und warf einen Blick auf die Uhr. Immerhin war es bereits halb acht. Samuel torkelte ins Bad. Nach dem Duschen fühlte er sich zwar frischer, aber keinen Deut wacher. Er schlurfte nach unten, wo seine Mutter alleine in der Küche saß. Sein Vater war bereits in die Klinik gefahren. Seine Mutter faselte etwas von einer schwierigen Operation, aber Samuel hörte ihr nicht richtig zu. Er holte sich eine Tasse aus dem Schrank und goss sich einen Kaffee ein.

»Du siehst aus, als hättest du kein Auge zugemacht.«

Samuel rückte sich einen Stuhl zurecht. »Bin spät nach Hause gekommen«, brummte er. »Und dann hab ich auch noch mies geschlafen.«

»Bevor ich es vergesse: Würdest du nachher noch den Müll rausbringen und die Einfahrt kehren?«

Samuel verzog das Gesicht. »Muss das sein?«

»Wenn es dir lieber ist, kannst du stattdessen auch die Wäsche bügeln. Ich hab bestimmt nichts dagegen!«

»Ist ja schon gut.«

»Und erledige es bald, bevor es heute Mittag wieder zu heiß wird«, fügte sie hinzu.

Gleich nach dem Frühstück trug Samuel den Müll raus, anschließend ging er rüber in die Garage, um sich Besen und Eimer zu holen. Er kam nur langsam mit der Arbeit voran. Immer wieder legte er Pausen ein, während denen er sich auf dem Besen abstützte und über Kolwiz nachdachte, der drüben in seinem Haus hockte und vermutlich gerade neue Schweinereien gegen ihn ausheckte. Was würde als Nächstes kommen? Ein Angriff mit einem Messer? Eine heimtückische Giftattacke? Sicher konnte es nicht mehr lange dauern, bis Kolwiz so weit ging, dass er Samuel oder einem anderen Familienmitglied ernsthaften

Schaden zufügen würde. Gestern wäre es fast so weit gewesen, hätte Jan ihm nicht beigestanden.

Ich darf ihn so nicht davonkommen lassen, sagte sich Samuel. Er fuhr sich mit dem Handrücken über die Stirn, um den Schweiß fortzuwischen. Direkt in der Sonne war es inzwischen unangenehm heiß geworden. Verdammt, was tat er hier überhaupt? Nachdenken würde ihn nicht weiterbringen. Damit zögerte er das Unvermeidliche nur hinaus.

Samuel ließ den Besen los, der klappernd auf der Einfahrt aufschlug. Er ging rüber zu Kolwiz' Haus und klingelte. Niemand öffnete. Also lief er hinters Haus. Dort war Kolwiz aber auch nicht. Dafür stand die Terrassentür offen. Samuel zog sie auf und trat ins Haus. Es war das Esszimmer. Trotz der offenen Tür schlug ihm ein Geruch nach schaler, abgestandener Luft entgegen. Er sah sich um. Der Raum machte einen düsteren Eindruck. Vergilbte Tapete, dunkle Eichenmöbel und ein bräunlicher Teppichboden, übersät mit Flecken. Auf dem Tisch stapelten sich alte Zeitschriften und ein paar leere Weinflaschen.

Samuel ging weiter.

Er konnte jetzt Stimmen hören. Der Fernseher. Rasch durchquerte er den kleinen schattigen Flur und blieb im Türrahmen zum Wohnzimmer stehen. Kolwiz, der eine Jogginghose und ein fleckiges Unterhemd trug, hockte zusammengesunken in seinem Sessel und starrte auf den Fernseher. Seine Rechte, in der er die Fernbedienung hielt, lag schlaff auf der Armlehne. Zunächst bemerkte er Samuel nicht einmal, bis dieser vollends ins Zimmer trat.

Sofort sprang Kolwiz auf, dabei fiel die Fernbedienung zu Boden. »Was tust du hier?«, fuhr er Samuel an. Bevor der etwas erwidern konnte, fing Kolwiz an zu zetern: »Einbrecher! Dieb! Ich werde die Polizei rufen!« Er versuchte das Wohnzimmer zu verlassen, aber Samuel versperrte ihm den Weg. »Nichts da! Wir beide werden uns jetzt unterhalten!«

Kolwiz sog scharf die Luft ein. »Wie kannst du es wagen …«

»Setzen!« Samuel deutete auf den Sessel.

Kolwiz starrte ihn aus seinen dunklen Augen hasserfüllt an. Purpurfarbene Zornesflecken glühten in seinem Gesicht und an seinem Hals. Samuel erwartete bereits, dass er jeden Moment mit den Fäusten auf ihn losgehen würde. Zu seiner Überraschung blieb Kolwiz aber völlig ruhig. Tatsächlich setzte er sich sogar wieder. Nun bückte sich Samuel nach der Fernbedienung, um den Fernseher auszuschalten. Dann ging er zu dem anderen Sessel, der dem von Kolwiz gegenüberstand. Der Nachbar ließ ihn keine Sekunde lang aus den Augen. Samuel musste erst einen Stapel alter Fernsehzeitschriften beiseiteräumen, bevor er sich setzen konnte. Einen solchen Schweinestall hatte er noch nie gesehen.

»Darf ich dir vielleicht auch noch einen Kaffee oder Tee anbieten?«

»Nein, danke«, sagte Samuel höflich, als wäre ihm Kolwiz' höhnischer Unterton völlig entgangen.

Kolwiz' Finger krallten sich in die Lehnen seines Sessels. »Das ist Hausfriedensbruch«, zischte er. »Das ist dir ja wohl klar.«

Samuel sagte nichts dazu, er wartete einfach ab, bis sein Gegenüber sich wieder beruhigt hatte, dann sagte er: »Ich möchte wissen, warum Sie das tun.«

Kolwiz' Augen wurden schmal. »Wovon redest du?«

»Das wissen Sie genau. Ich spreche von dem Terror gegen mich und meine Eltern.«

»Du spinnst ja, damit habe ich nichts zu tun!«

Samuel hatte nicht wirklich damit gerechnet, dass Kolwiz sofort gestehen würde. »Ist es, weil ich schwarz bin?«, bohrte er weiter.

»Und wenn du kariert wärst, das wär mir scheißegal«, schnauzte Kolwiz. Er schüttelte sich. »Was willst du überhaupt von mir? Einen auf gut Freund machen, he? Ist das deine neuste Masche?«

»Masche? Ich weiß ni…«

»Ja, ja«, fiel ihm Kolwiz ungehalten ins Wort. »Jetzt spiel nicht den Unschuldigen.« Er beugte sich in seinem Sessel vor. »Du weißt sehr genau, was gewesen ist. Ich hätte damals gleich zu deinen Eltern gehen sollen. Nicht mal entschuldigt hast du dich!«

Nun war Samuel verblüfft. Dieses Gespräch nahm eine Wendung, mit der er nicht gerechnet hatte. Vor allen Dingen verstand er nicht, wovon Kolwiz überhaupt sprach. Oder war das bloß seine Einschüchterungstaktik? Wenn es so sein sollte, hatte er sich in Samuel gründlich getäuscht. »Ich weiß nicht, wovon Sie reden. Außerdem bin ja nicht ich derjenige, der sich wie ein Arsch aufführt!«

»Ah, jetzt bin ich auf einmal ein Arsch, wie? Was hast du denn sonst noch für Kraftausdrücke auf Lager, junger Mann? Tob dich ruhig richtig aus, das bestätigt mir nur, was ich schon die ganze Zeit von dir gehalten habe.«

»Das ist ja wohl ... « Samuel verstummte. Der versucht mich doch bloß zu provozieren, dachte er. Darauf darf ich mich erst gar nicht einlassen! »Also schön«, sagte er und versuchte möglichst gelassen zu klingen. »Ich weiß nicht, wofür Sie mich halten, oder was ich Ihnen angeblich so Furchtbares angetan haben soll. Aber gut ... « Er zuckte die Achseln. »Allerdings kann ich mich nur verteidigen, wenn ich auch weiß, worum es geht. Wenn Sie also nicht nur irgendein billiges Spielchen mit mir treiben, wäre es nur fair, wenn Sie mich aufklärten, was Sache ist. Was ist jetzt?«

Vielleicht war es die Bestimmtheit in Samuels Stimme gewesen, die Zweifel in Kolwiz geweckt hatte. Jedenfalls wirkte das zornige Funkeln in seinen Augen inzwischen ein wenig schwächer. »Du erinnerst dich an den Gartenzwerg? Dieses hässliche fette Teil, das fast einen Meter groß war und früher mal in meiner Auffahrt gestanden hat? Damals wart ihr gerade in die Nachbarschaft gezogen.«

Samuel nickte vorsichtig.

»Der gehörte meiner Frau.«

Samuel hatte keine Ahnung, dass Kolwiz mal verheiratet gewesen war.

»Ich hab dieses Teil gehasst, weil es die Einfahrt zur Garage blockiert hat«, fuhr Kolwiz fort. »Aber sie hat ihn geliebt. Geliebt ... Und darum stand er auch noch immer dort, obwohl sie mich längst verlassen hatte. Eines Morgens war er jedoch zerstört und in dem Scherbenhaufen hab ich dein Skateboard gefunden.«

Samuel musste sofort an den Jutesack in Kolwiz' Schuppen denken. »Ob Sie es mir nun glauben oder nicht«, sagte er verblüfft. »Wir hatten es in den Sperrmüll getan. Jemand anderes muss es genommen haben, um damit zu fahren, und dann …«

Kolwiz gab ein undefinierbares Zischen von sich. »Ich habe mir schon gedacht, dass du mit so etwas kommen würdest. Das ist doch bloß eine Ausrede! Pah, selbst jetzt kannst du nicht mal dazu stehen, was du getan hast.«

Was für ein Sturkopf, dachte Samuel wütend. »Weil ich es nicht war! Ist das so schwer zu verstehen? Warum sollte ich zu Ihnen rüberkommen, um die Sache zu klären – obwohl mir von Anfang an klar war, dass Sie mir nicht glauben würden –, nur um dann alles abzustreiten? Da hätte ich es auch gleich sein lassen können.«

»Ach, was weiß ich, was in deinem Hirn vorgeht.« Plötzlich neigte er den Kopf zur Seite und musterte Samuel mit einem verschlagenen Blick. »Das ist nicht der einzige Grund, weshalb du gekommen bist, nicht wahr? Vorhin hast du was von Ärger erzählt, den deine Familie hat.«

»Seit Wochen macht irgend so ein Irrer uns das Leben zur Hölle und …«

»Und du dachtest, dass ich dieser Irre bin«, führte Kolwiz seinen Satz zu Ende. Er lächelte plötzlich und das war nun wirklich beunruhigend. Mehr noch als seine Wutausbrüche. »Darum bist du also hier.«

»Sie haben mich noch nie leiden können. Und ich bin nun mal schwarz …«

Kolwiz reckte angriffslustig das Kinn vor. »Du hältst mich für einen Rassisten?«

Samuel schluckte. »Na ja, ich hatte Ihnen schließlich nie was getan, trotzdem haben Sie mich nie gegrüßt. Dann letztens die Sache mit dem Auto …«

»Ja, da sind wohl die Pferde mit mir durchgegangen.« Er fuhr sich nachdenklich über sein unrasiertes Kinn. Was sich anhörte, als kratzten seine Nägel über feines Schmirgelpapier. »Ich habe nichts gegen Schwarze und auch sonst niemanden. Ich mag ein unverbesserlicher Nörgler sein, aber das ist auch schon alles.«

»Dann war das alles nur ein Missverständnis?« Samuel konnte es nicht fassen. Hatte Kolwiz ihn all die Jahre nur deshalb so behandelt, weil er gedacht hatte, er hätte den geliebten Gartenzwerg seiner Frau zerlegt? Das war ja verrückt. Absolut verrückt! Dennoch passte es zu dem alten Kauz.

»Wenn du tatsächlich die Wahrheit sagst und unschuldig bist, war es das wohl wirklich, hm.« Er fixierte Samuel mit seinem Blick. »Jetzt haben wir ein Patt, nicht wahr? Keiner von uns beiden weiß, ob er dem anderen glauben kann.«

»Hm, macht den Anschein.«

Kolwiz sprang aus seinem Sessel auf. »Ich brauch ein Bier!« Damit stakste er aus dem Wohnzimmer, ohne Samuel zu fragen, ob er auch etwas wollte. Kurz darauf kehrte er mit einer Flasche in der Hand zurück. Nachdem er sich gesetzt hatte, blickte er verlegen zu Samuel hinüber und stieß ein leises Grunzen aus. »Wenn du auch was willst, bedien dich selbst. In der Küche ist Sprudel und ein Glas findest du im Schrank.«

Tatsächlich hatte Samuel Durst, dennoch lehnte er ab. Nach dem, was er bisher von Kolwiz' Haus gesehen hatte, wollte er erst gar nicht wissen, was für ein Saustall die Küche war.

»Vielleicht habe ich einen Fehler gemacht«, sagte sein Nachbar plötzlich und nahm einen Schluck von seinem Bier. »O verdammt, das ist ja noch lauwarm.« Er knallte die Flasche auf den Tisch. »Ich war so zornig auf dich. Sehr zornig. Ich halte nicht viel von der heutigen Jugend. Nichts als Quälgeister, ohne Respekt und Erziehung. Ich dachte, du wärst genauso einer. Hättest nicht mal den Mumm, deine Schandtat einzugestehen und dich bei mir zu entschuldigen. Vielleicht hab ich auch einfach einen Teil der Wut, die ich auf Irmi hatte, auf dich übertragen. Es war ihr Gartenzwerg, und sie war fort und ich alleine und ... « Er verstummte.

»Irmi?«

»Meine Frau.« Kolwiz schnaubte. »Weißt du, ich mag verbittert sein. Und die meisten Nachbarn in dieser Straße können mich nicht ausstehen – zu Recht sogar. Aber ich habe nie, niemals jemandem auch nur ein Haar gekrümmt.«

»Na ja, gestern Morgen mit dem Auto ... «

»Das war nicht in Ordnung, geb ich auch zu. Allerdings hätte ich dich niemals wirklich überfahren. Ich wollte dir nur Angst machen, weil ich dich in meinem Schuppen erwischt hatte. Ich dachte, du würdest es dann nicht noch einmal wagen. War ein ziemlich spontaner Einfall.«

»Und ein bescheuerter obendrein«, brummte Samuel. »Ich bekam einen Riesenschreck. Dabei war ich nur in Ihrem Schuppen, weil ich nach Beweisen suchen wollte, dass Sie hinter dem Terror stecken.«

Kolwiz lachte trocken auf. »Verzwickte Sache, nicht wahr? Aber solche Streiche spielt einem das Leben nur allzu gerne. Glaub mir, ich weiß, wovon ich spreche.«

»Und gestern Nacht?«, platzte Samuel heraus. »Waren Sie das auch?«

»Gestern Nacht?« Kolwiz runzelte die Stirn. »Da war ich die ganze Zeit zu Hause. Und bevor du weitere Beschuldigungen gegen mich erhebst, solltest du mir erst einmal ganz genau berichten, worum es geht. Ich weiß eigentlich nur, was die Polizei erzählt hat, als sie in der Nachbarschaft die Befragung durchgeführt hat. Und hier und dort hab ich was aufgeschnappt. Na ja, mir erzählt ja sonst niemand was.«

Samuel lehnte sich in seinem Sessel zurück und berichtete ihm von den Angriffen auf seine Familie. Von der gefakten Selbstmorddrohung, dem Schweineblut, dem Auto, das ihn verfolgt hatte, und dem Vorfall von gestern Nacht. Kolwiz hörte ihm aufmerksam zu. Nachdem Samuel geendet hatte, schüttelte er betroffen den Kopf und erklärte, dass er mit all dem nichts zu tun habe. »Du kannst mir glauben«, sagte er und seine dunklen Augen waren auf Samuel geheftet. Kein Ärger, keine Wut standen darin. Stattdessen blickte er ungewöhnlich ernst und auch irgendwie traurig drein. »Ich war das nicht. Ich würde so etwas nicht tun. Niemals! Aber dass du mir so etwas zutraust ...«

»Es war einfach das Naheliegendste«, sagte Samuel und zuckte entschuldigend mit den Achseln.

»Schon gut«, murmelte Kolwiz. »Das war nicht als Vorwurf gemeint. Ich bin nur ein wenig entsetzt darüber, wie du mich siehst. Und da bist du sicher nicht der Einzige.« Er schüttelte müde den Kopf. »Ich bin doch kein Psychopath.«

Samuel schluckte. »Ich war eben wütend.«

Kolwiz hob abwehrend die Hand. »Du warst nur ehrlich. Und ich habe es nicht anders verdient, so, wie ich mich dir gegenüber verhalten hab.« Er seufzte und wandte den Blick zu Boden. Er sah nachdenklich aus, aber auch betroffen.

Es war das erste Mal, dass Samuel so etwas wie Mitleid für Kolwiz empfand. Vielleicht war er nicht immer so gewesen, wie er heute war. »Darf ich Sie etwas fragen?«

Kolwiz nickte.

»Ihre Frau … ist sie gestorben?«

»Interessiert dich das wirklich?«, feixte Kolwiz. »Oder tu ich dir nur leid? Ich seh es doch in deinen Augen!«

Samuel wusste, dass er seine nächsten Worte mit Bedacht wählen musste. Wenn er sich jetzt dumm anstellte, würde Kolwiz ihn vermutlich ohne Umschweife vor die Tür setzen. »Weil es mich interessiert«, sagte er. »Weil ich versuche Sie zu verstehen.«

»Warum?«

»Weil ich nichts schlimmer finde als Gleichgültigkeit oder Heuchelei.«

Kolwiz zog die Brauen hoch. »Du klingst älter, als du bist.«

»Bis ich sieben war, hab ich im Waisenhaus gelebt«,

sagte Samuel schulterzuckend. »Da lernt man schon früh, selbstständig zu sein.«

»Sie hat mich wegen eines anderen Kerls verlassen«, sagte Kolwiz da. »Einem Spanier. Die haben ja so viel mehr Feuer im Arsch als ich, hat sie mir vorgeworfen. Sie ist ihm dann nach Spanien gefolgt. Allerdings hab ich gehört, dass er sie vor einem Jahr hat sitzen lassen. Was ihr ganz recht geschehen ist, dieser dummen alten Schachtel.«

Endlich verstand Samuel. Kolwiz hatte seiner Frau immer noch nicht verziehen, dass sie ihn verlassen hatte. Darum war er so verbittert. Er liebte sie noch. »Haben Sie seitdem mit ihr gesprochen?«

»Ich? Pah, sie war es, die mich verlassen hat.«

»Jeder Mensch macht Fehler. Und vielleicht … vielleicht geht es ihr nicht besser als Ihnen.«

»Was meinst du?« Kolwiz funkelte ihn ärgerlich an.

»Ich glaube«, sagte Samuel, »dass Sie sie noch immer lieben.«

Ein Schatten legte sich über Kolwiz' Züge. Nun blickte er wieder so finster drein wie eh und je. »Das geht dich nichts an!«

»Wie Sie meinen.« Samuel erhob sich. »Ich muss jetzt gehen.«

Kolwiz reagierte nicht. Er griff nach seiner Fernbedienung und schaltete den Fernseher wieder ein. Stur starrte er auf das flimmernde Bild. Samuel zuckte seufzend die Achseln und verließ das Haus.

14

Samuel glaubte Kolwiz. Sein Gefühl sagte ihm, dass er zwar ein verschrobener alter Kauz war, aber längst kein Psychopath. Und damit stand er wieder ganz am Anfang. Es gab sonst keinen Verdächtigen, den er für die Terrorattacken auf seine Familie verantwortlich machen konnte. Er hob den Besen vom Boden auf und machte sich fluchend daran, die Einfahrt zu kehren. Vor ein paar Wochen war seine Welt noch völlig in Ordnung gewesen. Er hätte nicht glücklicher sein können. Und dann hatte sich dieser Terror in sein Leben geschlichen und drohte alles zu zerstören. Und so wie es aussah, gab es nichts, was er dagegen unternehmen konnte. Von plötzlicher Wut gepackt, schleuderte Samuel den Besen von sich. Mitten ins Rosenbeet.

Am frühen Nachmittag kehrte sein Vater überraschend aus der Klinik zurück. Die Haustür knallte ins Schloss, sodass Samuel von oben herunterkam, um zu gucken, was los war. Das Gesicht seines Vaters war tiefrot vor Zorn. Laut vor sich hinschimpfend verschwand er in seinem Arbeitszimmer, in das er sich für den Rest des Tages einschloss.

Beim Abendessen, an dem sein Vater nicht teilnahm, erfuhr Samuel den Grund dafür von seiner Mutter. Die Klinikleitung hatte seinen Vater für unbestimmte Zeit zwangsbeurlaubt. In den letzten Wochen waren ihm mehrere Fehler unterlaufen. Unglaublich, aber wahr: Der große Dr. Weyden konnte Fehler machen. In erster Linie hatte er Patienten falsche Medikamente verordnet. Lappalien. Nur heute war er während einer Operation derart in Gedanken versunken gewesen, dass der Assistenzarzt hatte eingreifen müssen, um Schlimmeres zu verhindern. Was war nur los mit ihm? So kannte Samuel seinen Vater gar nicht.

Gegen sieben wollte Samuel zu seinen Freunden aufbrechen. Noch immer hatte sein Vater das Arbeitszimmer, in dem es inzwischen beunruhigend still geworden war, nicht verlassen. Samuel stand einen Moment lang unschlüssig davor, dann hob er die Hand, um anzuklopfen.

»Es geht ihm gut«, sagte seine Mutter hinter ihm. »Ich habe vor fünf Minuten mit ihm gesprochen. Er muss nur nachdenken.«

»Soll ich mal mit ihm reden?«

»Stör ihn lieber nicht.«

Dann eben nicht. »Bis später«, murmelte er und verließ das Haus.

Samuel war auf dem Weg zu Jan. Ich glaub's nicht, dachte er, als er den Bürgersteig entlangtrottete. Die Klinik hatte seinen Vater suspendiert. So etwas war noch nie vorgekommen. Also ging seinem Vater dieser ganze Terror stärker an die Nerven, als er bereit war zuzugeben. Irgendwie hing das mit dieser Sache zusammen, über die sein Vater nicht mit ihm reden wollte. Konnte das was mit dem Terror zu tun haben? Außerdem waren da ja auch noch diese Anrufe, die er fast vergessen hatte.

Konnte es sein, dass sein Vater ahnte, wer der Psycho war? Das würde erklären, warum er ihm von Anfang an auszureden versucht hatte, dass Kolwiz etwas damit zu tun hatte. Nur warum ging er dann nicht zur Polizei? Ob der Psycho ihn erpresste? Aber was wollte er? Und womit erpresste er seinen Vater? Samuel fluchte. Warum weigerte sein Vater sich bloß, ihn in das Ganze einzuweihen? Er war schließlich kein kleines Kind mehr!

Plötzlich schürzte er die Lippen. Ihm war gerade ein Gedanke gekommen. Wenn es dieses Geheimnis im Leben seines Vaters gab und wenn er wirklich die Identität des Psycho kannte, hatte Samuel noch eine Chance, hinter die Wahrheit zu kommen: das Arbeitszimmer seines Vaters. Dort bewahrte er alles auf, was ihm wichtig war. Wenn er also Informationen wollte, würde er sie dort suchen müssen.

Samuel trat nach einem Kiesel, der vor ihm auf dem Bürgersteig lag. Der Stein schoss davon und verschwand klimpernd in einem Kanaldeckel. »Ich bin so blind gewesen«, brummte er kopfschüttelnd vor sich hin. »Hätte ich mich nicht so sehr auf Kolwiz fixiert, wäre ich darauf sicher schon früher gekommen.«

Nachdem Samuel Jan abgeholt hatte, fuhren sie zu Scarlett. Mara würde auch dort sein. Jan war ziemlich aufgeregt. Er wollte mit den beiden heute reden. In der Bahn rutschte er auf seinem Platz unentwegt hin und her und machte Samuel dadurch fast verrückt. »Was werden sie sagen? Was meinst du?«

»Sie werden dich hassen«, erklärte Samuel mit todernster Miene.

»O Gott, du hast bestimmt recht«, stöhnte er. »Besonders Mara.«

»Das ist ein Witz gewesen«, brummte Samuel. »Jetzt reg dich wieder ab. Die zwei werden dich schon nicht fressen.«

»Du bist ja auch nicht derjenige, der ihnen erzählen muss, dass er schwul ist.« Er hatte so laut gesprochen, dass einige der Fahrgäste sich zu ihnen umdrehten. Jan wurde rot und sah hastig aus dem Fenster.

Samuel schmunzelte vor sich hin.

Die vier fuhren ans Rheinufer, um dort in der Sonne über die Promenade zu spazieren. Jan trottete die ganze Zeit über ein Stück hinter Samuel her, als versuche er sich hinter ihm vor Scarlett und Mara zu verstecken. Sobald die beiden sich umdrehten, um ihn etwas zu fragen, wurde er ganz zappelig und redete wirres Zeug.

»Was ist heute nur mit dir los?«, fragte Scarlett.

Jan wich ihrem Blick aus und nuschelte etwas vor sich hin, das keiner verstand.

In der Nähe der Deutzer Brücke ließen sie sich auf einem breiten Grasstreifen nieder, der sich am Rheinufer entlangzog. Während sie so dasaßen und sich die

Sonne auf den Pelz scheinen ließen, meinte Samuel schließlich: »Jan hat euch was zu sagen!«

»Wa-as?«, fuhr dieser hoch. Dann: »Verräter!«

Samuel zuckte grinsend die Schultern. »Es wird nicht leichter, wenn du es hinauszögerst. Im Gegenteil. Na los!«

Jan murrte vor sich hin.

»Wie? Hab ich was nicht mitbekommen?«, rief Mara aufgescheucht. »Nun mach schon den Mund auf!«

Jan verzog das Gesicht und begann Grashalme zu zupfen. »Ich ... « Er schluckte. »Ich bin schwul«, rasselte er ganz schnell herunter und zog den Kopf zwischen die Schultern ein, als erwartete er jeden Augenblick eins draufzubekommen.

Natürlich meldete Mara sich als Erste zu Wort. »Ein so heißer Typ wie du«, raunte sie ungläubig staunend. Sie seufzte. »Warum müssen immer die Guten dran glauben?«

»Na, hör mal«, beschwerte sich Jan. »Das ist doch keine Krankheit!«

»Ich rede ja auch von mir.« Sie stach ihm mit dem Zeigefinger in die Brust. »Von mir! Schließlich stehe ich mit leeren Händen da. Und als wäre das nicht schon genug, bist du jetzt auch noch ein Konkurrent.« Sie drehte sich zu Scarlett um. »Wo ist die nächste Klippe?«

»Würde dir eine Brücke reichen?«

Mara kniff die Augen zusammen. »Ich leide und du verspottest mich? Na, das ist ja mal wieder typisch!«

»He, Leute«, rief Jan. »Heute geht's zur Abwechslung mal um mich.«

»Zur Abwechslung?« Samuel starrte ihn ungläubig an. »Sei mir nicht böse, Jan, aber es ging schon die letzten Wochen nur um dich.«

»Wir haben uns schreckliche Sorgen gemacht«, stimmte Scarlett zu. »Versprich uns, dass du dich nie wieder so dämlich verhalten wirst.«

»Ist ja schon gut«, grummelte Jan.

»Versprich es!«, forderte nun auch Mara.

»Ich verspreche es. Zufrieden?« Er sah von einem zum anderen. »Bedeutet das jetzt, dass alles okay zwischen uns ist?«

»Fürs Erste schon«, meinte Mara. »Aber das nächste Mal kommst du uns nicht so leicht davon!« Plötzlich lachte sie und Tränen glitzerten in ihren Augenwinkeln. »Na, komm schon, Dummkopf«, murmelte sie und schloss ihn in die Arme. »Freunde sind schließlich dafür da, um sie mit seinen Problemen zu belästigen.«

»Und das gilt für jeden von uns«, fügte Scarlett hinzu und warf Samuel einen strengen Blick zu.

Ahnt sie etwa was? Von seinem Gespräch mit Kolwiz konnte sie unmöglich etwas wissen. Er hatte sich gehütet, jemandem davon zu erzählen. Wenn Scarlett das spitzbekäme, bräche die Hölle aus! Sie würde ihm gnadenlos ein schlechtes Gewissen einzureden versuchen und ihn gleichzeitig darüber ausquetschen, welche »Dummheit« er als Nächstes plante.

»Gibt es denn schon einen Glücklichen?«, wollte Mara von Jan wissen.

Jan sah empört aus. »Das ist jetzt echt nicht der richtige Augenblick …«

»Es ist Marek«, platzte Samuel heraus, um Scarlett von sich abzulenken.

Jan warf ihm einen vernichtenden Blick zu.

»Ups, hätte ich das nicht sagen dürfen?«

»Oh, natürlich!« Scarlett schlug sich mit der Hand vor die Stirn. »Wie konnte ich nur so blind sein? Und wir haben gedacht, Marek würde dir Ärger machen, dabei hat er nur schon viel früher Lunte gerochen. Ist es nicht so?« Sie zögerte kurz. »Aber das würde ja bedeuten, dass er ebenfalls …«

»Ja ja, ja«, fiel ihr Jan verlegen ins Wort. »Das bedeutet es. Aber er war nicht hinter mir her, er hat nur versucht mit mir zu reden, weil er mir helfen wollte. Das ist alles!«

»Ja klar«, sagten Scarlett und Mara und warfen sich vielsagende Blicke zu.

»Glaubt doch, was ihr wollt«, fauchte Jan und verschränkte die Arme vor der Brust.

»Tja, unser Mimöschen«, bemerkte Mara spitz und tätschelte sein Knie.

Jan schmollte.

Scarlett wechselte das Thema und fragte, ob er es schon seinen Eltern gebeichtet hätte. Mit vor Entsetzen weit aufgerissenen Augen starrte Jan sie an. »Bist du verrückt? Die werden sonst was mit mir anstellen. Denk ich jedenfalls.«

»Aber du wirst es ihnen noch sagen?«, bohrte Scarlett weiter.

»Weiß nicht. Na ja, irgendwann schon«, wich Jan

aus. »Aber erst, wenn ich so weit bin. Ich muss mir zunächst selbst über einiges klar werden.«

Mara grinste gutmütig. »Wenn sie dich rauswerfen, kannst du jederzeit bei mir einziehen. In unserem Keller ist immer ein Platz für dich frei.«

»Was wäre ich nur ohne deine Hilfe«, erwiderte Jan sarkastisch.

»Das frage ich mich manchmal auch.«

Es war Donnerstag und Samuel hatte wieder einmal das Gefühl, dass die Ferientage nur so an ihm vorbeirauschten. Warum verging die schulfreie Zeit immer so viel schneller? Das war nicht normal!

»Ich muss um eins in der Klinik sein«, sagte sein Vater beim Frühstück. »Es geht um meine, nun ja, Beurlaubung.«

»Ich dachte, wir wollten heute einkaufen fahren«, wandte Samuels Mutter ein.

»Das musst du ohne mich erledigen. Es ist ein wichtiges Gespräch mit der Leitung der Klinik.« Er nahm einen Schluck von seinem Orangensaft. »Davon wird vieles abhängen.«

»Was ist mit dir, Samuel? Hast du heute Zeit, mit mir einkaufen zu gehen?«

Hastig schüttelte er den Kopf. »Ich hab Scarlett versprochen, ihr zu helfen.« Das war gelogen. Aber eine bessere Chance, dass seine Eltern zur gleichen Zeit aus dem Haus waren, würde er so schnell nicht wieder bekommen. Das musste er ausnutzen.

»Ach, wobei denn?«, erkundigte sich sein Vater beiläufig.

»Nichts Wichtiges. Ich meine, es ist schon wichtig. Nur … ich … kann nicht drüber reden. Musste ich ihr versprechen.«

»Das sind ziemlich viele Versprechen auf einmal«, merkte seine Mutter misstrauisch an.

Samuel zuckte die Schultern. »Ist ja nicht verboten, oder?«

»Solange nicht wieder Ärger für dich dabei herauskommt.«

»Keine Sorge, ich hab meine Lektion gelernt.«

Als Samuel wieder in seinem Zimmer war, rieb er sich vor Vergnügen die Hände. Endlich! Sobald seine Eltern das Haus verließen, würde er sich das Arbeitszimmer seines Vaters vornehmen. Das war zwar in der Regel abgeschlossen, wenn er nicht daheim war, aber Samuel wusste auch, wo sein Vater den Ersatzschlüssel aufbewahrte. Sorgfältig eingewickelt in einer einzelnen gelben Socke in der hintersten Ecke seiner Sockenschublade. Vielleicht kein sehr originelles Versteck, aber in dieser Hinsicht hatte sein Vater noch nie sonderliche Begabung gezeigt. Es reichte ja auch völlig, dass er ein erfolgreicher Arzt war.

Sobald seine Eltern aus dem Haus waren, holte Samuel den Ersatzschlüssel und öffnete mit ihm das Arbeitszimmer. Kaum war er eingetreten, runzelte er die Stirn. Er hatte noch nie verstanden, wie man in einer solch sterilen Atmosphäre arbeiten konnte. Die Wände des Raumes waren wie in einem Krankenhaus weiß gestrichen und nirgendwo hing auch nur ein einziges Bild, das ein bisschen Farbe und Wärme hineingebracht hätte. Stattdessen fanden sich viel zu viele Metallregale in dem Raum, die mit medizinischen Fachbüchern und -zeitschriften überladen waren und ihn kleiner und enger wirken ließen, als er tatsächlich war. Es gab noch einen Schreibtisch aus verchromtem Metall und Glas, auf dem ein Laptop stand. Daneben lagen ein Ordner und ein Stapel ungeöffneter Post.

Samuel ging um den Schreibtisch herum und setzte sich in den schwarzen Bürostuhl. Zunächst warf er einen Blick auf die Post seines Vaters. Nur Werbung. In dem Ordner befanden sich Rechnungen, noch mehr Werbung, die sein Vater offensichtlich für interessant hielt, Briefe der Versicherung … Alles unwichtiger Kram. Also wandte sich Samuel den Schubladen zu. Wieder Fehlanzeige! Stifte, leere Notizblöcke, noch mehr Zeitschriften. Das war es auch schon.

Mist!

Samuel knallte die Schublade zu.

Was hatte er überhaupt erwartet? Er war sich selbst nicht ganz sicher. Jemand, der etwas zu verbergen hatte, würde ganz bestimmt nichts Belastendes einfach so herumliegen lassen. Sein Blick fiel auf den Laptop. Sollte er es wagen? Der Laptop war das Heiligtum seines Vaters. Wenn er versehentlich was verstellte, würde der sofort merken, dass jemand dran gewesen war. Andererseits wäre er der einzige Ort, den sein Vater vermutlich für sicher genug hielt, um vertrauliche Informationen aufzubewahren. Unentschlossen klopfte Samuel mit den Fingerkuppen auf die Glasplatte des Schreibtisches. Was jetzt?

Wenn ich es nicht tue, werde ich meine Antworten nie bekommen, sagte er sich schließlich.

Er klappte den Laptop auf und drückte den Powerknopf. Ein kurzer Piepton ertönte und das Display erwachte flackernd zum Leben. Der Laptop fuhr hoch, dann kam die Passwortabfrage. Verdammt! Daran hatte er nicht gedacht. Das Passwort konnte alles Mögliche sein. Ein komplizierter Zahlen- oder Buchstabencode, ein medizinischer Fachbegriff ... Andererseits neigten viele Menschen dazu, etwas Vertrautes zu wählen, das sie nicht so leicht vergessen konnten. Wie Geburtstage. Er probierte den seines Vaters, seiner Mutter und seinen eigenen aus. Jedes Mal Fehlanzeige! Vielleicht war es etwas nicht ganz so Offensichtliches.

Samuel lehnte sich in seinem Stuhl zurück. Wie wäre es mit dem Mädchennamen seiner Großmutter? Er gab »Schiffer« ein und drückte Enter. »Falsches Passwort« lautete die Meldung. Samuel schnaubte und ließ sich zurückfallen. Was konnte es sonst noch sein? Er dachte an den zweiten Vornamen seiner Mutter. Sie erwähnte ihn anderen gegenüber so gut wie nie, weil sie ihn nicht mochte. Ganz im Gegensatz zu seinem Vater. Samuel richtete sich plötzlich auf. Hastig tippte er »Minna« ein.

Geschafft!

Er war drin.

Unter den E-Mails seines Vaters fand er nur einen medizinischen Newsletter, Benachrichtigungen darüber, dass jemand auf seine Beiträge in einem Ärzte-Forum geantwortet hatte, und die eine oder andere

Mail eines Kollegen, in der er Samuels Vater um Rat bat. Nichts Privates, nichts über die Terrorattacken der letzten Wochen. Anscheinend versuchte sein Vater diese Vorfälle vollständig zu ignorieren.

Nun öffnete Samuel Word, um nachzusehen, an welchen Dokumenten sein Vater zuletzt gearbeitet hatte. Das erste war eine Rechnung, dann kam ein Brief an seinen Steuerberater … Plötzlich stutzte Samuel. Was war das? Das dritte Dokument trug den Namen »Arbeitstagebuch«. Samuels Hände begannen vor Aufregung zu zittern. Es sah ganz danach aus, als hätte er gefunden, wonach er suchte. Hastig öffnete er die Datei. Word brauchte etwas dafür, da es sich um eine ziemlich große Datei handelte.

»Was haben wir denn da?«

Samuel scrollte durch das Dokument. Es schien sich tatsächlich um eine Art Tagebuch zu handeln, denn über den unterschiedlich langen Einträgen stand jedes Mal ein anderes Datum. Irgendwie typisch. Sein Vater, der Probleme hatte, seine Gefühle zu zeigen, vertraute sich lieber einem Computer an als seinem eigenen Sohn. Bei dem Gedanken spürte er einen leichten Stich.

Samuel kehrte zum Anfang des Dokuments zurück. Es war der neuste Eintrag. Er stammte vom Mittwoch, als die Klinikleitung seinen Vater in den Zwangsurlaub geschickt hatte.

Samuel begann den Eintrag zu überfliegen. So erfuhr er, dass Oberschwester Elvira seinem Vater mal wieder schöne Augen gemacht hatte. Ein Patient namens Henry sich nun schon zum dritten Mal bei ihm darüber beklagt hatte, dass seine Enkelin Gerichtsmedizinerin sei und ständig tote Menschen aufschlitzte, was für eine junge Frau ja wohl nicht normal sein könne. Die anstehende Operation erwähnte er nur kurz. Typisch. Echte Probleme umging er. Sogar sich selbst gegenüber konnte er nicht offen damit umgehen. Dafür schrieb er lang und breit über ein Medikament, das er falsch dosiert hatte. Samuel seufzte. Das war alles langweiliges Zeug. Er wollte bereits zum nächsten Eintrag springen, als er über eine Passage stolperte, die schon interessanter klang:

... der Fluch meines Lebens hat mich wieder eingeholt. Wie jedes Jahr um diese Zeit. Und doch ist es dieses Mal anders. Fünf Jahre. Eine Art Jubiläum. Allerdings eines, von dem man sich wünscht, es für immer vergessen zu können. Aber habe ich überhaupt das Recht dazu?
Während der Operation musste ich ständig daran denken. Ich war so abgelenkt, dass mir Dr. Singh das Skalpell entriss, um die Patientin vor Schaden zu bewahren. Ich weiß nicht, ob ich jemals damit –

An dieser Stelle endete der Eintrag abrupt. Anscheinend war sein Vater durch irgendetwas oder jemanden unterbrochen worden. Samuel zog die Stirn in Falten, während er die Zeilen ein zweites Mal überflog. Was auch immer ihn in den letzten Wochen beschäftigt hatte, lag offensichtlich bereits fünf Jahre zurück. Trotzdem kam er nicht davon los. Nur: Was war es? Ging es um einen Patienten?

Samuel scrollte ein Stück tiefer. Das Dokument war ein paar hundert Seiten lang. Er würde es niemals rechtzeitig schaffen, alles durchzusehen, bevor seine Eltern zurückkehrten. Und was los wäre, wenn sein Vater ihn hier sitzen sähe, wollte er sich erst gar nicht ausmalen. Also lief Samuel nach oben, um seinen USB-Stick zu holen. Auf ihm konnte er das Arbeitstagebuch seines Vaters speichern, um es auf seinen eigenen Computer zu übertragen. Auf diese Weise würde er es in Ruhe lesen können, ohne fürchten zu müssen, dabei erwischt zu werden. Sicher fanden sich darin noch mehr Hinweise auf das, was damals geschehen war.

Ein wenig unwohl fühlte sich Samuel schon dabei, dass er in einer privaten Datei seines Vaters herumschnüffelte. Jedem, der das bei ihm wagen würde, würde Samuel eigenhändig eins auf die Nase geben.

Aber das hier ist was anderes, versuchte er sich einzureden. Was in den letzten Wochen passiert war, betraf sie alle. Also hatte er auch ein Recht darauf, zu erfahren, worum es bei der ganzen Angelegenheit ging. Schließlich hatte der Psycho versucht ihn zu überfahren. Offenbar hatte der ganze Terror wirklich viel weniger mit ihm selbst als mit seinem Vater zu tun …

Sobald er die Datei auf den USB-Stick kopiert hatte, fuhr er den Laptop herunter, prüfte kurz, ob alles wieder so stand, wie er es beim Betreten des Zimmers vorgefunden hatte, und verließ es dann. Rasch schloss er ab. War einmal oder zweimal herumgedreht gewesen?

Verdammt, er konnte sich nicht mehr erinnern. Egal. So genau achtete sein Vater sicher nicht darauf. Er steckte den Schlüssel in die Hosentasche und …

»Hi, Samuel, könntest du mir mal helfen?«

So blöd der Spruch auch war: In diesem Moment hatte Samuel tatsächlich das Gefühl, sein Herz wäre ihm in die Hose gerutscht. Ich bin erledigt, schoss es ihm durch den Kopf. Langsam drehte er sich um, wobei ihm abwechselnd heiß und kalt wurde. Seine Mutter stand vor ihm, das Gesicht vor Anstrengung gerötet, und hielt ihm eine Einkaufstüte hin. »Worauf wartest du noch?«, fragte sie ächzend. »Die ist schwer und im Auto sind noch ein paar. Also bring die in die Küche und dann hilf mir, den Rest reinzutragen.«

Samuel nickte nur.

Seine Mutter wandte sich um und ging wieder nach draußen.

Samuel stieß lautstark den Atem aus. Glück gehabt! Anscheinend hatte sie nicht mitbekommen, wie er die Tür abgeschlossen hatte. Er fühlte sich darüber so erleichtert, dass er zu flöten begann, während er die Einkaufstüte in die Küche trug. Als er zur Garage kam, hatte seine Mutter drei weitere Tüten aus dem Kofferraum geholt und sie davor auf den Boden gestellt. Samuel schnappte sich zwei und wollte schon wieder ins Haus verschwinden, als seine Mutter fragte: »Was wolltest du eigentlich im Zimmer deines Vaters?«

Samuel starrte sie verlegen an. »Ich … ich hatte nach einem Stift gesucht.«

»Du weißt doch, dass er es immer abschließt.«

»Ja, äh, hab ich dann auch gemerkt.«

Ihre rechte Braue wanderte ein kleines Stück nach oben. »So, hast du?«

Er nickte und eilte rasch ins Haus, um weiteren Fragen auszuweichen. Sobald er die letzte Tüte reingebracht hatte, lief er nach oben, wo er den Schlüssel des Arbeitszimmers wieder in der Sockenschublade seines Vaters verbarg. Anschließend verzog er sich auf sein Zimmer. Allerdings hatte er die Treppe erst zur Hälfte erklommen, als seine Mutter ihm hinterherrief: »Ich dachte, du wolltest zu Scarlett.«

Er erstarrte. »Sie ... hat ... angerufen«, sagte er stockend und ohne sich umzudrehen. »Ja, angerufen und gefragt, ob ich später kommen könnte. Ihr ist was dazwischengekommen.«

»Was denn?«

»Das wollte sie mir später erklären. Sie hatte es sehr eilig.«

Ohne eine Antwort abzuwarten, raste er die letzten Stufen hoch und warf die Tür hinter sich zu. Zur Sicherheit schloss er auch noch ab. Nun setzte er sich an seinen eigenen Laptop und lud die Datei von dem USB-Stick herunter. Dieses Mal scrollte er bis zum Ende des Dokuments vor, um mit den ältesten Einträgen zu beginnen. Sie waren fast sechs Jahre alt.

3. März 2000
Ich habe es geschafft! Heute hat mir mein Kollege und Mentor, Dr. Norris, mitgeteilt, dass ich sein Nachfolger als Chefarzt der Chirurgie werde. Er hat sich bei der Klinikleitung sehr für mich eingesetzt. Ich schulde ihm viel!

In dem Eintrag stand noch mehr über Dr. Norris. Samuel glaubte sogar sich vage an ihn erinnern zu können. Er und sein Vater waren früher mal gute Freunde gewesen, bevor Dr. Norris vor einigen Jahren bei einem Flugzeugabsturz ums Leben gekommen war.

»Hm.«

Samuel überflog die nächsten Einträge. Die meisten behandelten die bevorstehende Beförderung seines Vaters. Immer wieder schrieb er, wie stolz er war, dieses Ziel schon in so jungen Jahren erreicht zu haben. Aber hier und dort traten auch leise Zweifel zutage. Dr. Norris hatte ihn mehrmals gewarnt, dass die Beförderung große Veränderungen für ihn mit sich bringen würde. Nicht nur mehr Verantwortung. Seine Freizeit, die in diesem Job ohnehin knapp bemessen war, könnte er für den Anfang ad acta legen. Anscheinend traute Dr. Norris Samuels Vater durchaus zu, dass er das durchstehen würde, gab aber zu bedenken, dass seine Frau das vielleicht anders sehen könnte. Manche Ehe, hatte Dr. Norris ihm gesagt, wäre daran bereits zerbrochen. Anscheinend hatte er aus eigener Erfahrung gesprochen. Samuel scrollte weiter.

14. Mai 2000
Mein alter Freund Norris hatte recht. Wie immer! Ich weiß kaum mehr, wo mir der Kopf steht. Bin jetzt seit 32 Stunden auf den Beinen. Und nun, da ich endlich schlafen könnte, finde ich keine Ruhe ... Fühle mich zu aufgeputscht.

21. September 2000
Wie soll ich das bloß packen? Zu Hause gab's wieder Streit mit Miriam, weil ich nie da bin. Sie ist furchtbar wütend. Frage mich, wie lange das noch so weitergehen soll.

24. Dezember 2000
... ausgerechnet an Weihnachten Dienst. Miriam wird mir das nie verzeihen! Sie ist mit dem Jungen zu ihren Eltern gefahren, um dort zu feiern. Wie soll das bloß weitergehen? Immer nur Streit. Dabei liebe ich sie. Aber Miriam will das nicht hören, will gar nichts mehr hören.

Samuel ließ sich in seinem Stuhl zurücksinken. Er versuchte an diese Zeit von vor sechs Jahren zurückzudenken. An das Weihnachtsfest konnte er sich noch gut erinnern. Es war eines der schönsten, das er je gefeiert hatte. Sie waren bei Oma Thea gewesen, die immer gut drauf war. Zuerst hatten sie zusammen Plätzchen gebacken und am späten Nachmittag gab es gebratene Gans mit Klößen und Rotkohl. Gegen Abend waren sie dann rüber ins Wohnzimmer gegangen und seine Oma hatte ein Weihnachtsmärchen aus einem dicken Buch vorgelesen, auf dem vorne drauf lauter kleine Engel gewesen waren.

Samuel seufzte.

Die Tage davor waren allerdings absolut grässlich gewesen. Ständig hatten sich seine Eltern gestritten. Natürlich hatten sie sich bemüht, es vor ihm zu verheimlichen. Nur manchmal war ihr Geschrei in seinem Zimmer zu hören gewesen. Samuels Miene verdüsterte sich. Und dann hatte er jedes Mal schreckliche Angst bekommen. Angst, seine neue Familie könnte zerbrechen, sodass er wieder ins Heim zurückmüsste. Aber irgendwie war es seinen Eltern gelungen, sich wieder zusammenzuraufen. Von einem Tag auf den anderen …

Samuel runzelte die Stirn.

Als Elf-, fast schon Zwölfjähriger hatte er sich keine Gedanken darum gemacht, er war einfach nur überglücklich gewesen, dass alles wieder in Ordnung gekommen war. Heute dachte er anders darüber. Irgendetwas musste damals passiert sein. Diese Veränderung war so plötzlich gekommen. Mit einem Mal saß Samuel kerzengerade auf seinem Stuhl. War das die Spur, nach der er gesucht hatte? Er versuchte sich noch genauer zu erinnern.

Die Streitereien hatten mitten im Sommer geendet. Das war es! Er musste die Einträge vom Sommer 2001 lesen. Dort würde er die Antwort finden!

Samuel beugte sich vor, um die entsprechenden Passagen aufmerksam zu durchforsten. Zunächst berichtete sein Vater von weiteren Streitigkeiten und der vielen Arbeit, in der er förmlich ertrank. Zwei Schichten hintereinander, manchmal sogar drei, waren absolut keine Seltenheit. Und dann war da plötzlich die Rede von Aufputschmitteln.

Samuel musste diesen Abschnitt zweimal lesen, bevor er glauben wollte, was dort stand. Sein Vater hatte Tabletten genommen, um mit dem Stress in der Klinik fertig zu werden?

Samuel schnaubte.

Das war so ungeheuerlich, so … Er fand einfach nicht die richtigen Worte für das Entsetzen und auch die Wut und den Zorn, die er in diesem Augenblick verspürte. Wie gut er sich noch an die Gespräche mit seinem Vater erinnern konnte, als er vierzehn war, und in denen er ihn vor Zigaretten, Alkohol und anderen Drogen gewarnt hatte. Alles nur Heuchelei!

Samuel ballte die Hände zu Fäusten.

Ob sein Vater wegen dieser Aufputschmittel Ärger bekommen hatte? War das der Grund für alles gewesen? Vielleicht ist er ja deswegen erpresst worden …

Samuel las weiter und stutzte. Warum gab es für August keinen Eintrag? Der nächste war erst wieder aus dem September.

5. September 2001
Ohne Miriam würde ich das nie durchstehen. Was habe ich nur getan? Ich war so ein Dummkopf! Was würde ich dafür geben, es ungeschehen machen zu können.

Ein paar Zeilen tiefer:

Ich bin völlig am Ende. Tagsüber verfolgt es mich. Und nachts lassen mich die Albträume nicht schlafen. O Miriam, was wäre ich ohne dich? Ich brauche dich, ich kann nicht ohne dich sein. Ich verspreche dir, ich werde tun, was immer nötig ist, damit zwischen uns wieder alles in Ordnung kommt.

Die Einträge danach waren völlig belanglos. Hier und da erwähnte sein Vater einen Albtraum, den er gehabt hatte, ohne jedoch konkret zu werden. Ansonsten schrieb er nur noch über seine Arbeit in der Klinik, seine Kollegen und den ein oder anderen Patienten.

Samuel blickte vom Monitor auf.

Es war also im August passiert. Was auch immer. Jedenfalls hatte es das Leben seines Vaters grundlegend erschüttert. Zu dumm nur, dass er es mit keinem Wort erwähnte. Auch nicht in späteren Einträgen. Samuel schloss die Datei, stand auf und ging zum Fenster. Nachdenklich blickte er hinunter in den Garten. Was immer es war, es muss so schlimm gewesen sein, dass er nicht einmal darüber schreiben wollte. Oder er hatte die Einträge im Nachhinein gelöscht, um nicht mehr daran erinnert zu werden. Auf jeden Fall musste es mit seiner Arbeit zu tun haben. Eine fehlgeschlagene OP? Aber als Arzt musste er doch mit so etwas umgehen können. Man konnte eben nicht jeden Menschen retten. Außer, der Patient wäre aufgrund eines Fehlers seines Vaters gestorben.

15

MÖRDER. Dieses Wort hatte jemand während der Nacht in großen, fetten und blutroten Buchstaben an die Fassade ihres Hauses gesprüht. Samuel und sein Vater, ausgestattet mit Terpentin und alten Lappen, bemühten sich den Schriftzug abzuwaschen. Währenddessen hockte Samuels Mutter im Wohnzimmer, heulte und war einem Nervenzusammenbruch nahe. Und Samuels Vater weigerte sich beharrlich, die Polizei zu rufen.

Er weiß, wer das getan hat, dachte Samuel und warf seinem Vater wütende Blicke zu. Trotzdem schweigt er.

Die ersten Male hatte er noch die Polizei gerufen, aber jetzt schien er regelrecht Angst davor zu haben, dass sie sich einmischte. War also an dem Vorwurf etwas dran?

Sein Vater ein Mörder? Das konnte und wollte er nicht glauben. Sicher hatte der Psycho das nur an ihre Hauswand geschmiert, um seinen Vater vor den Nachbarn zu verleumden. Um ihn ins Gerede zu bringen und seinen guten Ruf zu ruinieren. Und doch … Samuel musterte seinen Vater heimlich von der Seite, der mit verbissener Miene und reichlich Lösungsmittel das »Ö« aus MÖRDER zu tilgen versuchte.

»Was ist damals geschehen, Dad?«, hätte Samuel ihn am liebsten gefragt. Aber dann hätte sein Vater gewusst, dass er in seinen privaten Aufzeichnungen geschnüffelt hatte. Er wandte sich wieder seiner Arbeit zu. Was hatte sein Vater bloß getan, dass jemand ihn des Mordes bezichtigt? Kein Zweifel. Jemand musste gestorben sein. Die Frage war nur, wie viel Schuld sein Vater am Tode dieses Menschen trug. Zumindest so viel, dass es ihn vor fünf Jahren völlig aus der Bahn geworfen hatte.

Nachdem sie eine Stunde später fertig waren, hatten sie die Buchstaben so stark verwischt, dass sie unleserlich geworden waren. Die Farbe selbst war als riesiger blassroter Fleck an der Hauswand zurückgeblieben.

Samuel räumte noch rasch das Terpentin und die Putzlappen in die Garage, anschließend folgte er seinem Vater ins Haus. Er traf ihn im Wohnzimmer an, wo er einen Arm um Samuels Mutter gelegt hatte und sie zu trösten versuchte. Doch was immer er auch zu ihr gesagt hatte, es musste genau das Falsche gewesen sein. »Es war ein Fehler«, schrie sie. »Ich hab es schon damals gesagt. Ich hab es immer gesagt. O Axel … du hättest das nicht tun dürfen!« Sie fing wieder an zu schluchzen, während sein Vater sie in seinen Armen sachte vor- und zurückwiegte.

Samuel stand im Türrahmen und starrte die beiden mit einer Mischung aus Verzweiflung und Wut an. All die Jahre hatte er geglaubt sie zu kennen und plötzlich waren sie Fremde für ihn. Vertraute Gesichter, hinter denen ein Geheimnis lauerte. Ein schreckliches Geheimnis, an dem nun ihre Familie zu zerbrechen drohte. War es Mord oder doch nur ein Arbeitsunfall, den sie zu vertuschen suchten? Egal. Am meisten schmerzte es Samuel, dass sie ihn außen vor ließen, ihn ausschlossen. Nach vielen Jahren fühlte er sich zum ersten Mal wieder wie der achtjährige Waisenjunge: alleingelassen und traurig, weil andere Kinder eine Familie hatten und er nur sich selbst.

Das Mittagessen fiel aus, weil seine Mutter sich hingelegt hatte. Samuel war das egal. Er hatte eh keinen Hunger. Zuerst dachte er daran, Scarlett anzurufen, aber dann tat er es doch nicht. Wahrscheinlich würde sie sich nur genauso aufregen, wie es seine Mutter getan hatte. Außerdem würde er sie ja nachher noch sehen, wenn sie zu den GIGs gingen.

Irgendwann bekam Samuel doch Hunger und ging runter in die Küche, um sich ein Brot zu schmieren. Auf dem Weg dorthin hörte er die Stimme seines Vaters, die aus seinem Arbeitszimmer schallte. Er sprach laut und aufbrausend. Da ihm niemand antwortete, war er wohl am Telefonieren.

Samuel blieb stehen. Dann schlich er rüber zur Tür, um ihn besser verstehen zu können.

»Nein, nein«, hörte er seinen Vater sagen. »Ich weiß selbst, dass es zu spät ist, um etwas daran zu ändern.« Kurzes Schweigen. »Mag ja sein, dass das womöglich das Aus bedeutet hätte. Aber nicht du, sondern ich muss damit leben. Verdammt, Robert, es verfolgt mich immer noch! Mehr denn je.« Wieder eine Pause.

Dieses Mal eine etwas längere. »Gut, ich versuche mich erst mal zu beruhigen. Vielleicht hast du recht. In ein paar Tagen sieht die Welt schon wieder ganz anders aus. Ich wünschte nur, ich könnte den heutigen Tag überspringen. Das würde mir schon helfen. Und vielleicht … ja, vielleicht ist morgen schon alles vorbei und ich werde nie wieder was von dem Irren hören. Also, mach's gut, Robert. Und danke fürs Zuhören!«

Samuel entfernte sich hastig von der Tür und zog sich in die Küche zurück. Robert?, überlegte er. Sein Vater hatte einen Kollegen an der Klinik. Dr. Robert Schröder. Samuels Zähne knirschten. Sogar er war anscheinend in die Sache eingeweiht. Nur mit seinem eigenen Sohn wollte der großartige Dr. Weyden nicht darüber sprechen.

Samuel hörte, wie sein Vater das Arbeitszimmer verließ. Seine Schritte hallten dumpf durch den Flur. Kurz darauf schlug die Haustür zu.

Seltsam … Seit wann ging sein Vater fort, ohne jemanden zu informieren? Das war ja ganz was Neues. Na ja. Samuel öffnete die Kühlschranktür und schob ein Gurkenglas zur Seite, das ihm im Weg stand. Plötzlich hielt er inne. Der Wagen seines Vaters parkte in der Einfahrt. Warum hatte er nicht gehört, wie er ihn gestartet hatte? Samuel warf den Kühlschrank zu und rannte zur Haustür, wo er durch den Spion schaute. Er sah gerade noch, wie sein Vater den Bürgersteig erreichte und aus seinem Sichtfeld entschwand. Samuel richtete sich auf und warf seinem Doppelgänger im Garderobenspiegel einen ungläubigen Blick zu. Sein

Vater war ohne Auto unterwegs? Die Sache wurde ja immer merkwürdiger …

»Da ist doch etwas oberfaul«, murmelte er vor sich hin.

Samuel prüfte, ob er seinen Schlüssel dabeihatte, dann war er auch schon aus der Tür. Er lief die Einfahrt hinunter und lugte um die Ecke. Da vorne ging sein Vater. Keine dreißig Meter entfernt. Samuel wartete, bis der Abstand noch ein wenig größer geworden war und nahm die Verfolgung auf.

Samuel dachte wieder an das Telefonat. Was hatte sein Vater gleich gesagt? »Ich wünschte nur, ich könnte den heutigen Tag überspringen. Das würde mir schon helfen.« Samuels Augen leuchteten auf. Heute war Freitag, der vierte August. Und der August war der einzige Monat aus dem Jahr 2001 gewesen, über den er keinen Eintrag in dem Tagebuch seines Vaters gefunden hatte. Der vierte August 2001. An diesem Tag musste es passiert sein. Jemand war gestorben. Und der Psycho wollte sich dafür an seinem Vater und dessen Familie rächen.

Sein Vater ging immer weiter. Er nahm weder Bus noch Bahn, sodass Samuel sich nach zwanzig Minuten zu fragen begann, ob er überhaupt ein Ziel hatte. Vielleicht wollte sein Vater nur spazieren gehen. Dabei machte er gewöhnlich nie Spaziergänge. Also blieb Samuel an ihm dran. Er musste nicht einmal besonders auf der Hut sein. Sein Vater sah nicht ein einziges Mal zurück. Er musste tief in Gedanken versunken sein.

Nach über einer Stunde hatte sein Vater ihn zur Aachener Straße geführt, wo er auf das Tor des Melatenfriedhofs zuhielt. Was wollte sein Vater an diesem Ort? Keiner aus ihrer Familie lag hier begraben. Samuel blieb abrupt stehen. Lag auf diesem Friedhof etwa … Er schluckte. Ich muss es wissen!, sagte er sich und durchschritt das Tor. Sofort befiel ihn ein ungutes Gefühl. Friedhöfe waren ihm nicht geheuer. Der Anblick so vieler Gräber löste ein komisches Gefühl bei ihm aus: noch einsamer zu sein, als er ohnehin schon war. Schwere Gedanken krochen in sein Gemüt und er fragte sich, ob einer der Grabsteine womöglich die Stelle markierte, an der seine leiblichen Eltern begraben lagen. Er wusste ja eigentlich nichts von ihnen. Ob sie noch lebten, ob sie schon tot waren …

Samuel versuchte sich von dieser scheußlichen Vorstellung abzulenken, indem er sich daran erinnerte, was er in der Schule über den Melatenfriedhof gehört hatte. Es war schon ein Ort des Todes gewesen, bevor daraus überhaupt ein Friedhof wurde. Im Mittelalter hatte es hier sogar Hinrichtungen gegeben. Und auch über dreißig angebliche Hexen wurden an diesem Ort verbrannt.

Samuel verdrehte die Augen.

Das war alles andere als hilfreich, um sich von den verwitterten Grabsteinen, den steinernen Engeln und all den anderen Statuen mit ihren Fratzen, die an Totenschädel erinnerten, abzulenken. Im nächsten Moment bemerkte er, dass sein Vater vor einem Grab ganz in der Nähe stehen geblieben war. Samuel starrte auf seinen Rücken. Eine hagere Gestalt mit vorgebeugten Schultern, als trüge sie eine schwere Last darauf. Schuldgefühle. Denn dort vorne lag jemand, an dessen Tod sein Vater zweifelsohne Mitschuld trug. In welcher Weise auch immer.

Fünfzehn, zwanzig Minuten stand sein Vater reglos vor dem Grab, bevor das Leben in ihn zurückkehrte. Kurzerhand schlüpfte Samuel hinter einen alten Baum, der am Rande des Gehwegs wuchs und von Buschwerk umgeben war. Als sein Vater an seinem Versteck vorbeikam, blickte er nicht einmal auf. Er war also völlig ahnungslos darüber, dass Samuel ihm gefolgt war. Sobald er vorbei war, trat Samuel hinter dem Baum hervor und starrte seinem Vater hinterher.

Räuspern.

Samuel zuckte zusammen. Zwei alte Frauen, die an dem Baum vorbeikamen, musterten ihn unverhohlen vorwurfsvoll. »Diese Jugend von heute«, raunte die eine der anderen zu, sobald sie glaubten, dass Samuel sie nicht mehr hören konnte. »Lungern auf dem Friedhof herum, als sei's ein Spielplatz.«

»Keinen Respekt mehr.«

»Würde mein Peter noch leben, der hätte dem was erzählt ...«

Samuel achtete nicht weiter auf sie, sondern eilte zu dem Grab. Er wusste nicht genau, womit er gerechnet hatte. Jedenfalls nicht damit:

Susanne Kelper
21. März 1993 – 4. August 2001

Ein achtjähriges Mädchen lag hier beerdigt. Entsetzen schnürte Samuels Kehle zu. Das war also das Geheimnis seines Vaters?

Ein Mann in dunkler Kluft erregte Samuels Aufmerksamkeit. Er sah kurz zu ihm herüber. Sein Blick ließ Samuel schaudern. Die Augen des Mannes waren so hell, das sie fast farblos wirkten. Dann war er auch schon weg. Samuel sah wieder auf den Grabstein. Bestimmt steckte der Vater dieses Mädchens hinter dem Terror.

Ich muss mit Dad reden, dachte Samuel. Jetzt, wo ich weiß, worum es geht, kann er sich unmöglich länger verweigern. Wir müssen diesem Spuk ein Ende setzen!

Bei seiner Rückkehr fand Samuel seinen Vater im Wohnzimmer vor, wo er mit einer Tasse dampfendem Tee vor der Terrassentür stand und hinaus in den Garten blickte. Als Samuel sich ihm näherte, drehte er sich um und bedachte ihn mit einem müden Lächeln.

»Wir müssen reden.«

Sein Vater hob die rechte Braue. »Wenn es um heute Morgen geht ... «

Samuel winkte ab. »Ich meine nicht das Geschmier an unserem Haus. Ich spreche von gerade. Du ... « Er zögerte und wurde rot. »Ich bin dir zum Friedhof gefolgt.«

Sein Vater sah ihn stumm an. Die Tasse, die auf dem Weg zum Mund gewesen war, sank langsam auf den Unterteller zurück. »Du hast *was* getan?«

»Doch nur, weil du einfach weggegangen bist, ohne etwas zu sagen.« Samuel schob die Hände in die Hosentaschen. »Wer war dieses Mädchen? Diese Susanne?«

Das Gesicht seines Vaters verlor jede Farbe. »Du hast mir nachspioniert.« Seine Augen funkelten vor Zorn. »Wie kannst du es wagen? Ich habe immer gedacht, ich könnte dir vertrauen ...«

»Ach ja?«, fiel ihm Samuel ins Wort, den nun seinerseits die Wut gepackt hatte. »So sehr, dass du Geheimnisse vor mir hast ... So sehr vertraust du mir?«

»Du verstehst nichts! Gar nichts!«

»Du wusstest es die ganze Zeit«, schrie Samuel. »Du wusstest, wer dieser Psycho ist, und hast mir nichts gesagt. Ich hatte Angst, er hätte es auf mich abgesehen ...« Er erschrak über seine eigenen Worte. Es war das erste Mal, dass er seine Gefühle laut ausgesprochen hatte. »Und es war dir egal!«

Die Tasse seines Vaters zerschellte auf dem Boden und der Tee spritzte in alle Richtungen. Samuel wich zurück. »Was hast du gemacht? Bist du verrückt geworden?«, rief er erschrocken.

Sein Vater hatte die Tasse von sich geschleudert. »Glaubst du wirklich, ich hätte nicht mit dir darüber gesprochen, wenn es so einfach wäre?« Er brüllte. »Es gibt Dinge, die du noch nicht begreifst. Will das nicht in deinen Kopf?« Er machte einen Schritt auf Samuel zu, der angriffslustig das Kinn hob. »In was für einer Welt leben wir deiner Meinung nach, he?«, fuhr sein Vater aufgebracht fort. »Glaubst du wirklich, ein paar gute Taten machen sie besser? Du wirst auch noch lernen müssen, dass die echte, wirkliche Welt nicht die ist, die du zu kennen glaubst. Du bist hier wohlbehütet aufgewachsen, hast alles bekommen, was du wolltest! Aber so einfach ist das wahre Leben nicht. Verdammt, Junge! Diese Welt ist nicht nur schwarz und weiß.« Er wies mit ausgestrecktem Arm nach draußen. »Dort gibt es Abgründe, die schwärzer sind als jede Nacht!«

»Um Himmels willen. Was ist hier los?« Samuels Mutter stand im Türrahmen und musterte ihren Mann mit gefurchter Stirn.

»Warum auch ehrlich sein, wenn es so viel leichter ist, jemandem zu sagen, dass er zu blöd ist, was zu kapieren«, höhnte Samuel. »Ich habe mehr von der Welt verstanden, als du glaubst!« Er ballte die Hände zu Fäusten. »*Du* hast nicht im Heim gelebt, deine Eltern haben dich nicht verlassen. Also erzähl mir nicht, wie diese Welt dort draußen aussieht. Aber was noch wichtiger ist: Man kann diese Welt besser machen, man muss es nur wollen. Verstehst du? WOLLEN!« Samuel drehte sich um und stapfte an seiner Mutter vorbei aus dem Wohnzimmer. »Wo willst du jetzt hin?«, rief sie ihm nach.

»Zu den GIGs.«

16

»**Er ist** immer noch in seinem Arbeitszimmer«, sagte seine Mutter, als Samuel am Abend von den GIGs zurückkehrte. Er hatte Scarlett und Jan nicht erzählt, was passiert war, und obwohl seine schlechte Laune kaum unbemerkt geblieben sein konnte, hatten sie ihn zur Abwechslung einmal nicht mit Fragen gelöchert.

»Ich finde das nicht fair«, sagte Samuel plötzlich.

Seine Mutter sah überrascht auf.

»Ich bin euer Sohn. Mich betrifft das Ganze genauso wie euch. Ach, verdammt!« Er zog einen Stuhl vom Küchentisch zurück und ließ sich darauf sinken. »Willst *du* mir nicht wenigstens verraten, was mit Dad los ist?«

Sie wandte sich wieder dem Herd zu, auf dem das Abendessen köchelte. »Es wäre nicht richtig«, sagte sie leise und ohne ihn anzusehen. »Ich will deinen Vater nicht hintergehen. Es ist allein seine Entscheidung. Akzeptiere das bitte!«

Samuels Vater erschien nicht zum Abendessen, und auch am nächsten Morgen frühstückten Samuel und seine Mutter alleine. Seit dem Streit ging sein Vater ihm aus dem Weg. Vielleicht musste er sich erst einmal beruhigen. Oder er hatte tatsächlich begriffen, dass er einen Fehler gemacht hatte, und wusste nun nicht, wie er Samuel entgegentreten sollte.

Nach dem Frühstück rief Samuel bei Scarlett und den anderen an, um sich mit ihnen für später zu verabreden. Er hatte gerade aufgelegt und wollte nach oben gehen, als seine Mutter mit der Post reinkam. »Hier ist auch ein Brief für dich«, sagte sie.

»Danke.« Samuel nahm ihn mit auf sein Zimmer. Kein Absender, dachte er und ließ sich in den abgewetzten Sessel neben seinem Bett fallen. Abgestempelt war der Brief in Köln. Und plötzlich war da ein stechendes Kribbeln in seinem Bauch – eine Vorahnung. Er riss den Umschlag auf und fischte den Brief heraus. Er war mit der Schreibmaschine geschrieben. Wie der gefakte Abschiedsbrief.

Samuel fing an zu lesen.

Hallo, Samuel,
Du kennst mich nicht, aber ich weiß sehr genau, wer Du bist. Ich habe gestern beobachtet, wie Du Deinem Vater zum Friedhof gefolgt bist. Er hat also auch vor Dir Geheimnisse.
Falls es Dich interessiert, wer das tote Mädchen ist, komme morgen Nachmittag zu der Adresse am Ende des Briefes. Um vierzehn Uhr. Sei pünktlich und komm allein. Denn was ich Dir zu sagen habe, geht niemanden außer Dich und mich etwas an. Solltest Du Deine Freunde mitbringen,

werde ich einfach verschwinden, und Du hast Deine einzige Chance vertan, jemals zu erfahren, was Dein Vater Furchtbares getan hat.

Überlege Dir gut, was Du tust ...

HK

Kein Zweifel. Der Brief stammte vom Psycho. Und das Kürzel »HK« musste für *Irgendwas* Kelper stehen. Susanne Kelpers Vater.

Samuel war aus seinem Sessel aufgesprungen und lief unruhig im Zimmer auf und ab. Das konnte nur ein Scherz sein! Der Psycho hatte ihnen das Leben zur Hölle gemacht und jetzt erwartete er ernsthaft, dass Samuel sich mit ihm treffen würde? Für wie bescheuert hielt der ihn eigentlich?

Samuel blieb unschlüssig stehen. Was sollte er jetzt tun? Er starrte wieder auf den Brief, den er die ganze Zeit in Händen gehalten hatte. Er musste mit jemandem reden. Scarlett? Aber die würde sich nur wieder aufregen. Also mit Jan. Doch bei einer solchen Sache würde er sicher nicht dichthalten können. Er würde Scarlett gegenüber ganz schnell ein schlechtes Gewissen bekommen und ihr alles beichten. Typisch Jan! Da konnte er auch gleich mit allen reden.

»Denk gar nicht erst dran«, waren Scarletts erste Worte, nachdem Samuel ihr von dem Brief erzählt hatte.

»Lass uns nicht am Telefon darüber diskutieren, ich komme zu dir«, knurrte er gereizt.

»Gut, ich ruf die anderen an.«

Samuel machte sich auf den Weg zu Scarlett. Sich

bei ihr zu treffen, war eine gute Entscheidung gewesen. So konnte er wenigstens sicher sein, dass seine Eltern nichts davon mitbekamen, dass der Psycho Kontakt mit ihm aufgenommen hatte.

»Unglaublich«, murmelte Jan und gab Samuel den Brief zurück, nachdem er ihn als Letzter gelesen hatte.

»Der Kerl spinnt, aber total«, regte sich Mara auf. »Was sagst du, Scarlett?«

Alle Blicke wandten sich ihr zu. Sie sah blass aus und besorgt. »Mich interessiert vielmehr, wie Samuel darüber denkt.«

Samuel zuckte die Achseln.

»Tu doch nicht so«, fuhr ihn Scarlett an, die die Arme vor der Brust verschränkt hatte. »In Wahrheit denkst du drüber nach hinzugehen!«

»Ist das wahr?«, platzte Jan heraus.

»Du hast 'nen Knall«, sagte Mara, noch bevor Samuel etwas darauf erwidern konnte. »Das ist sicher nur wieder eins seiner üblen Spielchen.«

»Darf ich jetzt auch mal was sagen?«, fragte Samuel ungehalten.

In dem Moment öffnete sich die Tür und Scarletts Mutter stand plötzlich im Zimmer.

»Mensch, Mama«, murrte Scarlett, »wie oft muss ich dir noch sagen, dass du vorher anklopfen sollst?«

»Ich habe hier was zum Trinken für dich und deine Freunde«, sagte sie lächelnd, ohne Scarletts Einwand zu beachten. »Heute ist so ein heißer Tag. Da müsst ihr wahnsinnig durstig sein, Mian.« Sie war die Einzige, die Scarlett bei ihrem richtigen Namen nannte.

Scarletts Augen wurden schmal. »Du bist nur neugierig«, warf sie ihr vor und sprang auf, um ihrer Mutter das Tablett mit den Gläsern und der selbst gemachten Zitronenlimonade abzunehmen. Dann schob sie sie mit dem Ellbogen aus dem Zimmer und schloss die Tür hinter ihr ab.

»Limonade?«, fragte sie in die Runde.

Alle nahmen dankbar an und tranken erst mal einen großen Schluck.

»Warum sollte ich nicht hingehen? Er hat mir noch nie wirklich was getan«, sagte Samuel, nachdem er sein Glas ausgetrunken hatte. »Dabei hätte er genug Möglichkeiten gehabt. Ich meine, der Kerl hat mir die ganze Zeit nachspioniert.«

»Der hat versucht dich zu überfahren«, regte sich Scarlett auf. »Wenn der nur mit dir reden wollte, hätte er das von Anfang an tun können.«

»Er konnte doch nicht wissen, dass ich keine Ahnung von der ganzen Sache habe.« Samuel schüttelte gereizt den Kopf. »Das muss ihm erst klar geworden sein, nachdem er beobachtet hatte, wie ich meinem Vater nachspioniert habe.«

»Ach«, schnaubte Mara. »Und das entschuldigt natürlich, was er vorher getan hat, ja?«

»Nein, tut es nicht«, brummte Samuel. Allmählich wurde er sauer. Verstand denn keiner seiner Freunde, um was es hier ging? Dieses Gespräch könnte ihm die Antworten liefern, nach denen er schon die ganze Zeit suchte.

Jan seufzte. »Ich weiß nicht, Samuel. Warum sollte er überhaupt mit dir reden wollen? Was hätte er schon davon?«

Das hatte Samuel sich auch gefragt und er glaubte die Antwort zu kennen. »Rache«, sagte er.

Die drei starrten ihn verdutzt an.

»Das versteh ich nicht«, gestand Scarlett mit gerunzelter Stirn.

»Ist eigentlich logisch«, sagte Samuel. »Er glaubt, dass mein Vater mir nie etwas über den Tod dieses Mädchens erzählt hat, was ja auch stimmt. Was könnte ihm da mehr Befriedigung verschaffen, als meinem Vater eins auszuwischen, indem *er* es mir erzählt? Das ist seine Art abzurechnen.«

Jan brummte was Unverständliches vor sich hin. Auch Scarlett blickte mehr als skeptisch drein. Mara sprach schließlich aus, was wohl auch die anderen dachten. »Und wenn er dir ein Lügenmärchen auftischt, um dich gegen deinen Vater aufzuhetzen? Er will ihm schaden, warum sollte er dann bei der Wahrheit bleiben?«

»Das hätte er gleich im Brief tun können. Nein«, sagte Samuel überzeugt. »Es ist ihm ernst.«

Mara schlug sich die flache Hand vor die Stirn. »Denk mal nach! Was ist, wenn er dich in eine Falle locken will?«

»Mensch, Samuel, sie hat recht. Mach jetzt bloß keinen Fehler.« Jan hatte seine Brille abgenommen und putzte sie hektisch. Die Augen, die er zusammengekniffen hatte, um besser sehen zu können, blickten Samuel bekümmert an. »Du weißt nicht, wie durchgeknallt der Typ wirklich ist.«

»Klar.« Samuel lachte spöttisch auf. »Der will sich nur mit mir treffen, um mich abzustechen … Also wirklich, das hätte er schon Dutzende Male vorher haben können.«

»Zeig den Brief deinen Eltern«, bettelte Scarlett. »Bitte, Samuel, sei vernünftig!«

»Aber damit würde ich meine einzige Chance verschenken, jemals hinter ihr Geheimnis zu kommen. Niemals! Ich werde auf jeden Fall hingehen.«

»Dann lass mich wenigstens mit dir kommen«, schlug Jan vor.

»Nein«, sagte Samuel entschieden. »Er verlangt ausdrücklich, dass ich alleine komme.«

Scarlett lehnte ihren Kopf an seine Schulter. »Geh nicht – für mich!«

»Du verstehst das nicht. Ich ... ach, verdammt, ich weiß es ja selbst nicht so genau.«

»Und gerade deshalb bist du jetzt hier«, meinte Mara. »Du willst unseren Rat. Nun hör zur Abwechslung mal auf deine Freunde.«

Samuel sog hörbar den Atem ein. »Ich ... «

»Ich hab was gut bei dir«, sagte Jan plötzlich. »Ich hab dich vor dem Auto gerettet.«

»Und deshalb soll ich nicht gehen, ja?«

»Ich find's nur fair«, warf Mara ein.

Samuel blickte die drei finster an. Ihm war klar, dass sie sich nur Sorgen machten. Er traute dem Typ ja auch nicht, trotzdem hätte er von ihnen mehr Verständnis erwartet. Schließlich waren sie seine Freunde.

Allerdings machte sein Ärger über ihr Verhalten ihm eines deutlich: Im Grunde hatte er seine Entscheidung längst gefällt. Nur konnte er das Scarlett,

Jan und Mara nicht sagen, nachdem er jetzt wusste, wie sie dachten. Sie würden ihn nicht zu dem Treffen gehen lassen. Er traute Scarlett sogar zu, dass sie seine Eltern anrufen würde, um sie zu warnen. Er konnte nur eines tun: Er musste die drei belügen. Samuel sah Jan direkt ins Gesicht. »Du meinst das wirklich so, obwohl du mein Freund bist?«

Jan riss verblüfft die Augen auf. Er hatte wohl nicht damit gerechnet, dass Samuel seine Forderung ernst nahm. »Gerade deswegen will ich, dass du nicht gehst«, sagte er.

Ich muss überzeugender sein, dachte Samuel, sonst nehmen die mir das nie ab. Er verzog das Gesicht. »Mara hat irgendwie recht.«

»Tatsächlich?«, rief sie überrascht aus.

Samuel zuckte mit bekümmerter Miene die Schultern. »Ich bin mir nicht sicher, was ich tun soll. Ich bin zwar neugierig darauf, was der Kerl zu sagen hat. Aber irgendwie hab ich auch ein bisschen, na ja, Schiss davor, mich mit ihm zu treffen.«

»Du gehst also nicht?«, fragte Scarlett hoffnungsvoll.

»Ich … ich weiß nicht.«

»Glaub mir, kein Geheimnis ist es wert, sich deshalb in Gefahr zu bringen«, warf Jan ein.

»Versprich es mir«, forderte Scarlett.

»Stopp!«, rief Samuel. »Nicht so voreilig, ich hab nicht gesagt, dass ich nicht gehe.«

»Ich will dein Wort«, sagte Scarlett bestimmt.

Samuel verdrehte die Augen. »Ja, ja, ich geh nicht hin.«

Mara fixierte ihn mit einem durchdringenden Blick. »Schwör es!«

»Also schön, damit ihr beruhigt seid: Wie wäre es, wenn wir drei uns morgen um halb zwei im ›Study‹ treffen? Dann habt ihr mich voll unter Kontrolle, okay.«

»Ich hatte so gehofft, dass du wieder zur Vernunft kommen würdest«, rief Scarlett erleichtert.

Samuel lächelte matt. Es tut mir leid, Scarlett, so leid, dachte er traurig. Aber es geht nicht anders ...

17

In dieser Nacht tat Samuel kein Auge zu. Unruhig wälzte er sich von einer Seite zur anderen. Nur gelegentlich verfiel er in einen leichten Dämmerzustand, aus dem er jedoch jedes Mal wieder hochschreckte. Am nächsten Morgen war er entsprechend schlecht gelaunt, völlig übermüdet und gleichzeitig aufgedreht. Während des Frühstücks bekam er keinen Bissen herunter, weil ihm übel war und sein Magen sich anfühlte, als hätte er sich auf die Größe eines Pingpongballs zusammengekrampft.

»Was ist los mit dir?«, erkundigte sich seine Mutter.

Samuel, der sein Glas Orangensaft seit einer Ewigkeit an die Lippen hielt, ohne davon zu trinken, schreckte aus seinen Gedanken auf. »Ich treffe heute den Psycho«, hätte er am liebsten gesagt. Stattdessen meinte er: »Paps ist noch sauer auf mich, stimmt's? Er geht mir aus dem Weg.«

»Es war ein ziemlich heftiger Streit ...« Sie hob leicht die Schultern. »Aber ich glaube nicht, dass er das wegen dir tut. Er muss nachdenken.«

»Und wie geht es *dir?*«, fragte Samuel plötzlich. Seine Mutter sah noch immer bleich aus. Fast wie ein

Gespenst, dachte er. Trotz ihres Zusammenbruchs am Donnerstag, nachdem sie das Wort MÖRDER an ihrer Hauswand entdeckt hatte, wirkte sie überraschend gefasst. Irgendwie auch resigniert, beinahe schon gleichgültig. Das ungeschminkte Gesicht, das leicht wirre Haar … Es kam nur äußerst selten vor, dass sie so »natürlich« herumlief. Es widersprach ihrem Bild von einer Frau, die mit einem angesehenen Arzt verheiratet war.

Nach dem Frühstück zog sich Samuel in sein Zimmer zurück, wo er seinen Laptop startete, um Lilly, seiner Brieffreundin aus Chicago, eine Mail zu schicken. Das würde ihn eine Weile beschäftigen, sodass er abgelenkt wäre. Zumindest hatte er das gehofft, aber es funktionierte nicht. Er war viel zu angespannt und nervös. Auch ein wenig ängstlich, weil er nicht wusste, was für ein Mensch dieser Psycho war. Ein verzweifelter Vater, der den Tod seiner Tochter nicht verwunden hatte? Oder jemand, bei dem tatsächlich ein paar Sicherungen durchgebrannt waren und der nun so unberechenbar war wie Norman Bates aus dem Thriller »Psycho«. Aber Samuel war auch wütend – vor allen Dingen auf seinen Vater. Und enttäuscht, weil seine Eltern ihn wie einen Außenstehenden behandelt hatten, indem sie dieses Geheimnis vor ihm vertuschten. Ob sie ihn nur schützen wollten, spielte dabei keine Rolle für Samuel, er fühlte sich verraten, abgeschoben … allein. All diese Gefühle tobten gleichzeitig in ihm, sodass er sich schon bald selber so fühlte, als stände er kurz davor, wahnsinnig zu werden.

Gegen zwölf rief Scarlett an. Samuel hatte nichts anderes erwartet. Sie ging immer auf Nummer sicher und jetzt wollte sie sich überzeugen, dass er nichts Dummes tat.

»Es bleibt dabei, um halb zwei im ›Study‹?«

Samuel seufzte. »Was hab ich gestern gesagt?«

»Ich mein ja nur … Du bist eben …«

»Was?«

Nun seufzte Scarlett. »Du tust nicht immer das, was du solltest, du Sturkopf.«

»Du wünschst dir also lieber einen öden Langweiler zum Freund?«

»Red keinen Mist«, sagte Scarlett aufgebracht. »Du weißt genau, was ich meine. Denk nur an Kolwiz!«

»Ja, ja, ist ja schon gut. Wir sehen uns dann später.« Samuel legte auf. Er hatte geahnt, dass das Gespräch mit Scarlett sein schlechtes Gewissen und das Chaos der Gefühle, das in ihm wütete, nur verstärken würde.

Er fluchte leise.

Samuel machte sich um kurz nach eins auf den Weg. Er war nervöser, als er erwartet hatte. Seine Hände schwitzten. Sein Herz pochte. Wenn er sich nun irrte und der Psycho doch nicht nur reden wollte?

Unsinn!, sagte er sich. Er hätte mir längst etwas antun können, wenn das seine Absicht ist. Dafür braucht er mich nicht erst in eine Falle zu locken!

Am Kölner Hauptbahnhof stieg er in die Linie elf um und fuhr bis zur Haltestelle Longerich. Es war eine Fahrt von zehn Minuten, die Samuel jedoch wie eine Ewigkeit vorkam. Er blickte auf die Uhr. Zwanzig vor zwei. Die anderen saßen jetzt im »Study« und warteten auf ihn. Aber wahrscheinlicher war, dass sie bereits Verdacht geschöpft hatten. Ob Jan sich den Treffpunkt gemerkt hatte, den der Psycho in dem Brief vorgeschlagen hatte? Und wenn schon! Es war eine Straßenbahnhaltestelle. Der Psycho würde sicher nicht dort mit ihm reden wollen. Sie würden also längst fort sein, selbst wenn seine Freunde auf die Idee kämen nachzukommen.

Als Samuel an der Haltestelle ausstieg, war er ein paar Minuten zu früh dran. Er blickte sich um. Einige Leute stiegen mit ihm aus, andere ein. Keiner achtete auf ihn. Der Psycho war also noch nicht da. Samuel wischte sich mit dem Handrücken über die Stirn. Es war so unglaublich heiß. Oder lag das an seiner Aufregung? Nach einer Weile begann er unruhig auf und ab zu laufen. Wo blieb der Typ nur?

Plötzlich kam eine Frau auf ihn zu. Sie wirkte gehetzt. Samuel blieb stehen. War das etwa …?

»Kannst du mir sagen, wo ich die Hohlgasse finde?«, platzte sie heraus. »Himmel, ich bin schon viel zu spät dran!«

»Tut mir leid, aber ich kenne …«

»So ein Mist«, fluchte die Frau und eilte weiter.

Samuel blickte ihr gereizt nach, als ihm jemand die Hand auf die Schulter legte. Er fuhr herum und blickte in das bleiche Gesicht eines Mannes, der im Alter seines Vaters sein musste. Das schwarze Haar war an einigen Stellen bereits ergraut und die Augen, so hell, dass sie fast schon farblos wirkten, starrten ihn auf so eigentümliche Weise an, dass Samuel erschauerte.

»Komm mit«, sagte der Mann, ohne sich überhaupt vorzustellen. »Dies ist kein guter Ort zum Reden.« Dann drehte er sich um und stapfte davon.

Samuel blickte ihm einen Moment lang verstört nach. Er kannte den Mann. Er hatte ihn auf dem Melatenfriedhof gesehen, als er vor dem Grab von Susanne Kelper gestanden hatte. »Nun warten Sie doch«, rief Samuel und eilte ihm nach. Sein Gefühl sagte ihm, dass es ein Fehler war. Dass er lieber darauf bestehen sollte hierzubleiben, wo jeder sie sehen konnte. Er ignorierte es. Seine Neugier war größer. Außerdem sah der Kerl so fertig aus, dass er keine ernsthafte Bedrohung in Samuels Augen darstellte.

Kelper verriet nicht, wohin sie unterwegs waren. Er sagte auch sonst kein Wort. Er blickte nur starr geradeaus, die Hände in den Taschen seiner Jeans vergraben, die genauso fleckig wie die Jacke war, die er trotz der Hitze trug. Ein säuerlicher Schweißgeruch, der gerade noch so erträglich war, strömte von ihm aus.

Nach fünfzehn Minuten, die Samuel stumm neben dem Mann hergelaufen war, hielt er es nicht länger aus. »Sie sind Herr Kelper, nicht wahr? Susannes Vater.«

Der Mann warf ihm einen kurzen, nicht zu deutenden Blick zu, der Samuel erneut frösteln ließ. Nun wusste er auch, warum. In seinen Augen war kein Funken Leben. Neben ihm ging ein Mensch, der bereits vor langer Zeit gestorben war – zusammen mit seiner Tochter. Kelper war ein gebrochener Mann, der nur noch für seinen Zorn auf Samuels Vater lebte. Vermutlich hoffte er, wenn er Samuel die Wahrheit erzählte (oder eine entsprechende Lüge), dass er sich von seinem Vater abwenden würde. Das würde dann seine Rache sein. Sein Vater hatte ihm seine Tochter genommen, nun versuchte er Samuels Vater den Sohn zu nehmen. Irgendetwas in der Richtung musste es sein.

Egal, was er sagen würde, Samuel hatte beschlossen, ihm erst einmal nicht zu glauben. Sein Vater war kein Mörder. Was immer Susanne Kelper zugestoßen sein mochte, es konnte nur ein Unfall gewesen sein. Vielleicht eine missglückte OP? Andererseits war das nichts, worüber sein Vater nicht mit ihm hätte reden können. Außer … Ich bin so ein Trottel gewesen, dachte Samuel plötzlich. Endlich glaubte er zu verstehen. Warum hatte er nur so lange dafür gebraucht? Sein Vater hatte etwas von Aufputschmitteln in seinem Tagebuch geschrieben. War das Mädchen vielleicht deshalb gestorben, weil sein Vater Tabletten geschluckt hatte und bei der Operation unkonzentriert gewesen war?

Samuel musterte Herrn Kelper von der Seite. Er hatte den Mund halb geöffnet, um ihn danach zu fragen. Aber wenn Kelper nun nichts von den Aufputschmitteln wusste … Samuel entschied, erst einmal abzuwarten, was Kelper zu sagen hatte.

Gerade kamen sie an einem Supermarkt vorbei. Gleich dahinter bogen sie in eine Straße, in der nur Einfamilienhäuser standen. Jedes sah aus wie das andere, als sei die ganze Straße in einem Guss aus dem Boden gestampft worden. Wohnte Kelper hier irgendwo?

»Warum haben Sie mich nicht mit Ihrem Auto abgeholt?«, fragte Samuel, dessen Nervosität mit jeder Minute wuchs. »Sie drücken doch sonst so gerne aufs Gas.«

Kelper blickte ihn mit seinen leeren Augen an. »Steht vor dem Haus.« Samuels Anspielung schien er nicht verstanden zu haben. Oder er wollte sie ganz einfach nicht verstehen.

»Mit dem Wagen wären wir aber schneller gewesen.«

»Das ist Susannes Weg«, sagte Kelper mit starrer Miene. »Jeden Morgen ging sie ihn zur Schule.« Er schwieg kurz. »Ich geh ihn immer zu Fuß«, sagte er. »Das tue ich für sie. Alles tue ich nur für sie. Das verstehst du doch, oder?«

»Äh, ja, tue ich.« Kelper ist total am Ende, dachte Samuel. Vermutlich würde der Kerl ihm nur wirres Zeug über seine Tochter erzählen, sodass er am Ende nicht schlauer wäre als jetzt.

Wieder bogen sie ab.

Ihre Umgebung änderte sich kaum. Wieder eine Straße voller Reihenhäuser, die wie eineiige Zwillinge aussahen. Weiße Fassaden, Flachdächer. Wahrscheinlich waren sie in den Sechziger- oder Siebzigerjahren erbaut worden. Ein paar Autos parkten am Bürgersteig. Auf der Straße selbst fuhr niemand und auch sonst war keiner unterwegs.

Nach weiteren hundert Metern erkannte Samuel, dass sie sich in einer Sackgasse befanden. Kelper musste also hier irgendwo wohnen. Sie gingen weiter, bis zum Ende der Straße, wo es ein paar frei stehende Häuser gab. Bei einem waren die Fenster herausgerissen worden und das Dach mit Folie abgedeckt. In der Einfahrt stand ein Container mit Schutt. Offensichtlich wurde das Haus saniert. Allerdings arbeitete heute niemand. Vor dem nächsten stand ein dunkelblauer Ford. Das musste Kelpers Wagen sein.

Kelper blieb stehen. »Wir sind da«, sagte er tonlos.

Samuels Blick fiel auf ein Schild, das in einem Fenster im Erdgeschoss des Hauses hing. Es war weiß mit roter Schrift. Er trat in die Einfahrt, um es lesen zu können.

Zu verkaufen!

»Das war Susannes Zuhause«, hörte er Kelpers Stimme viel zu dicht an seinem Ohr raunen. Samuels Nackenhaare stellten sich auf. Alarmglocken schrillten in seinem Kopf. Doch bevor er sich umdrehen konnte, traf ihn etwas hart im Nacken. Samuel sackte stöhnend auf die Knie. Der Schmerz jagte ihm Tränen in die Augen. Er wankte und kippte zur Seite. Um ihn herum wurde es schwarz.

18

Als Samuel zu sich kam, fühlte sich sein Schädel an, als versuche etwas ihn von innen heraus aufzusprengen. Ihm tat der Rücken weh und seine Hände schmerzten, als steckten sie in Schraubzwingen. Stöhnend öffnete er die Augen. Er war an einen Stuhl gefesselt und befand sich in einem Kellerraum. Was … was ist passiert?, dachte er und versuchte sich zu erinnern. Er hob ein wenig den Kopf. Über ihm verströmte eine nackte Glühbirne ein unnatürlich weißes Licht, das einen kleinen Ausschnitt des Raumes erhellte.

Der Rest lag im Dunkeln.

»Ich dachte schon, du würdest gar nicht mehr aufwachen«, hörte er Kelpers monotone Stimme raunen.

Samuel drehte den Kopf. Da stand er. Außerhalb des Lichtkegels. Nur eine schattenhafte Gestalt. »Schwein«, murmelte Samuel. »Wo hast du mich hingebracht?«

Kelper antwortete nicht. Er starrte Samuel bloß an. Mit seinen leeren toten Augen.

»Wo bin ich?«, wiederholte Samuel, ohne wirklich eine Antwort zu erwarten. Er ließ den Blick durch den düsteren Raum schweifen. Keine Fenster und die Luft roch muffig. Sie mussten sich im Keller des Hauses befinden, vor dem Kelper ihn niedergeschlagen hatte. Als hätte der Psycho seine Gedanken gelesen, sagte er: »Das war früher mein Werkraum gewesen, bevor die Bank mir das Haus weggenommen hat.« Er hob die Hand und berührte die Wand, die mit dunklem Holz verkleidet war, als versuchte er auf diese Weise die Erinnerung zu verstärken. »Früher habe ich vieles selbst gebaut. Ich habe hier unten gesägt, gebohrt, gehämmert … Dieser Raum ist gut isoliert. Du kannst schreien, wenn du willst.«

Bei diesem Satz überlief Samuel ein eiskalter Schauer. Was hatte Kelper mit ihm vor? »Sie sind verrückt! Binden Sie mich sofort los!«

»Das kann ich nicht.«

»Ich will hier raus!« Samuel schrie.

Kelper blieb ruhig. Reglos wie eine Statue stand er keine zwei Meter von ihm entfernt. »Niemand kann dich hören«, sagte er. »Später werden sie uns hören, aber nicht jetzt.«

Samuel starrte ihn an. Diese Gleichgültigkeit, die Kelper ausstrahlte, ängstigte ihn mehr, als ein Wutausbruch es getan hätte. Kelper war innerlich tot. Und das bedeutete, dass er auch kein Mitleid oder Erbarmen kannte. »Was haben Sie vor?«

»Ich tue das alles nur für Susanne. Darum will ich, dass du es verstehst. Ich werde es dir erklären. All das, was dein Vater dir nie erzählt hat.«

»Dafür hätten Sie mich nicht fesseln müssen.«

»Nein, *dafür* nicht.«

Wie er dieses »Dafür« betont hatte, wollte Samuel

überhaupt nicht gefallen. Ganz klar. Kelper hatte nicht nur vor mit ihm zu reden.

Kelpers Kopf wippte nun leicht auf und ab. »Ja, du vermutest richtig«, sagte er. »Ich war derjenige, der dich und deine Familie terrorisiert hat, der in euer Haus eingedrungen ist, als niemand da war, und in deinen privaten Sachen geschnüffelt hat. Mit deinem dummen Kalender hast du es mir nur allzu leicht gemacht, dir überallhin zu folgen.«

»Aber warum? Was habe ich Ihnen getan?«

»Nichts.« Für eine Weile herrschte Schweigen. »Nichts«, sagte Kelper noch einmal. »Aber was hatte Susanne deinem Vater getan?«

Samuel schüttelte den Kopf. »Verdammt, ich weiß nicht mal, worum es geht«, murmelte er.

»Darum bist du auch hier. Du sollst alles erfahren.« Er trat einen Schritt vor, jedoch ohne die Schatten zu verlassen, als fürchtete er sich vor dem Licht. Vielleicht wollte er Samuel auch einfach nicht zu nahe kommen. »Du musst es wissen, damit du es verstehst«, fuhr Kelper fort. »Dein Vater hat Susanne ermordet.«

»Das ist nicht wahr«, keuchte Samuel.

»Er hatte Aufputschmittel genommen und deshalb ist sie gestorben. Nur wegen ihm! Er war völlig benommen und hat bei der Operation Fehler gemacht.« Er ballte die Hände zu Fäusten. »Er ist schuld, ganz alleine schuld!« Es war das erste Mal, dass Kelper lauter wurde, dass er Gefühle zeigte. Einen so puren, alles verschlingenden Hass, dass Samuel zusammenzuckte.

»Warum … warum sollte ich Ihnen glauben?«,

fragte er, dabei wusste er nur zu gut, dass Kelper die Wahrheit sagte.

»Du musst mir nicht glauben«, entgegnete er wieder völlig gefasst. »Du musst nur verstehen.«

»Warum?«, fragte Samuel verzweifelt.

»Damit du begreifst, dass all das hier nur wegen ihm geschieht. Nur er hat zu verantworten, was mit dir geschieht.« Kelper machte plötzlich einen Satz nach vorne, sodass Samuel ihm nun direkt in die Augen blicken konnte. Und auf einmal wusste er mit absoluter Gewissheit, dass er aus dieser Sache niemals mit heiler Haut herauskommen würde. »Hasse ihn!«, zischte Kelper. »Hasse ihn dafür, genauso wie ich ihn hasse!«

»Niemals!«

Kelper richtete sich wieder auf. »Weißt du, warum ich euch terrorisiert habe? Ich wollte, dass dein Vater sich daran erinnert, was er mir vor fünf Jahren angetan hat.« Er knurrte wie ein Tier. Seine Finger krümmten sich und erinnerten an Klauen, die bedrohlich über Samuels Gesicht kreisten. »Alles hat er mir genommen. Erst mein Kind und dann meine Frau. Sie wurde einfach nicht fertig mit Susannes Tod, irgendwann verließ sie mich. Von da an war ich allein, völlig allein ...« Sein Kopf fuhr herum, als suche er nach etwas in den Schatten um ihn herum. »Gefeuert hat er mich, hat gesagt, ich würde immer zu spät kommen, meine Arbeit schlampig machen. Nichts, nichts hat er verstanden.« In Kelpers Augen flackerte der Irrsinn.

»Wer hat sie gefeuert?«, fragte Samuel, nur um ihn weiter am Reden zu halten. Solange er redete, konnte er ihm nichts tun. Kelper hätte die Aufforderung nicht gebraucht. Er hatte Samuels Frage nicht einmal gehört. »Vor vier Monaten habe ich meinen Job und einige Wochen danach dieses Haus verloren«, fuhr er fort. »Es war alles, was mir geblieben war. Alles, was mich an Susanne erinnerte. An die Zeit, als wir noch eine Familie waren, als wir glücklich waren, als ich dachte, nichts könnte dieses Glück je zerstören.« Kelper spuckte auf den Boden. »Weg, tot ... nichts davon ist übrig.«

»Sie könnten neu anfangen und ...«

»Und jetzt bist du hier!« Kelpers irrer Blick kehrte zu Samuel zurück. »Zuerst wollte ich dich entführen, aber du warst fast nie alleine unterwegs. Ich musste mir etwas einfallen lassen.« Er schnaubte. »So leicht ... Es war so leicht gewesen, dich in diese Falle zu locken.«

Es ist aus, dachte Samuel. Sein Kinn zitterte. Allerdings wollte er nicht, dass Kelper bemerkte, wie viel Angst er hatte. Also presste er die Zähne so fest aufeinander, dass er das Gefühl hatte, sie müssten zerspringen. Warum hatte er nicht auf seine Freunde gehört? »Was wollen Sie von mir?«

»Rache.« Damit drehte sich Kelper um und verließ den Kellerraum.

Samuel war allein.

Sofort begann er an seinen Hand- und Fußfesseln zu zerren. Zwecklos. Sie saßen fest und je mehr er zerrte, desto stärker schnitten sie ihm ins Fleisch. Panisch sah er sich um. Vielleicht gab es hier irgendetwas, das er benutzen konnte, um seine Fesseln durchzuschneiden. Aber der Raum war leer.

Es war hoffnungslos. Tränen stiegen Samuel in die Augen. Er würde sterben. Ganz klar. Kelper hatte vor ihn umzubringen. Er hatte es zwar nicht ausgesprochen, aber Samuel hatte es in seinen Augen gelesen. Das würde seine Rache für den Tod seiner Tochter sein. Plötzlich fing Samuel an zu schreien: »Hilfe! Hört mich denn keiner? Hiiiiilfe!«

Die Tür sprang auf. Sofort verstummte Samuel wieder. »Schrei nur, schrei nur«, raunte Kelper. »Niemand hört dich!«

Erst jetzt sah Samuel, dass er etwas bei sich trug. Es war ein Stativ und eine Filmkamera. Wollte er etwa filmen, wie er ihn umbrachte?

»Ich hasse Sie!«, schrie Samuel und spuckte in Kelpers Richtung. »*Sie* sind in Wirklichkeit ein Mörder. Sie!« Mein Gott, dachte er verzweifelt. Was soll ich tun? Hilflos musste Samuel mit ansehen, wie Kelper die Kamera aufbaute und auf ihn ausrichtete. Anschließend drückte er auf einen Knopf und ein kleines rotes Lämpchen flackerte an der Kamera auf.

»Bereit?«, fragte Kelper und griff in seine Jacke. Als er die Hand wieder herauszog, umklammerten seine bleichen Finger eine Waffe.

Samuel schüttelte energisch den Kopf. »Nein, nein, bitte hören Sie ...«

»Dein Vater muss begreifen, was er mir angetan hat. Er soll zusehen, wie du stirbst. Genauso wie er zugesehen hat, als meine Susanne starb. Und er soll sich dabei ebenso hilflos fühlen, wie ich mich damals gefühlt habe.« Kelper richtete die Waffe auf Samuel.

»Das ist Mord!«, schrie er. »Was würde wohl Susanne dazu sagen?«

Kelper zögerte. »Sie würde es verstehen.«

»Würde sie nicht! Nie und nimmer!« Samuel sah, wie Kelpers Finger am Abzug zuckte, und sein Blut gefror zu Eis.

Wumm.

Die Kugel war so knapp an Samuels Gesicht vorbeigejagt, dass er ihren Luftzug gespürt hatte, bevor sie hinter ihm in die Kellerwand eingeschlagen war. Benommen schüttelte er den Kopf. Das Abfeuern der Waffe war so laut gewesen, dass Samuel glaubte, es hätte ihm die Trommelfelle zerrissen. Doch kurz darauf hörte er wieder Kelpers Stimme. Wenn auch nur dumpf und wie aus weiter Ferne: »Den Schuss müssen die Nachbarn gehört haben. Die Polizei wird kommen, aber bis dahin werde ich längst weg sein.« Erneut richtete er die Waffe auf Samuel. »Er soll die Angst in deinen Augen sehen, weißt du? Ich will, dass er leidet, wenn er dieses Video sieht. Er soll leiden, wie ich gelitten habe.«

Samuel fühlte nur noch Wut – blanke, nackte Wut. »Wo Sie sich auch verstecken«, schrie er und heiße Tränen liefen ihm über die Wangen, »die Polizei wird Sie kriegen und Sie fertigmachen! Sie Feigling, Sie elender Feigling!«

»Es spielt keine Rolle«, sagte Kelper ungerührt. »Sobald ich das hier erledigt und das Video an deinen Vater abgeschickt habe, ist alles andere egal.« Er bewegte die Hand leicht nach links, sodass der silbrige Lauf nun genau auf Samuels Kopf zielte. »Leb wohl, Junge.«

Samuel schloss die Augen. Er wollte nur noch, dass es endlich vorbei war.

Wumm.

Das war kein Schuss gewesen. Samuel riss die Augen auf. Die Kellertür stand offen und … er konnte es nicht glauben: Da waren seine Freunde! Jan rang mit Kelper. Und nun drängten auch noch Scarlett und Mara durch die Tür.

»Die Waffe ist geladen«, warnte Samuel sie. »Hört ihr? Seid bloß vorsichtig, der Psycho meint es ernst!«

Mara sprang vor und umklammerte Kelpers Rechte, in der er die Waffe hielt, sodass es ihm unmöglich war, sie in Jans Richtung zu bewegen. »Lasst mich los«, geiferte er. »Ich knall euch alle ab!«

Samuel schluckte. Was machten die drei nur hier? Er war so unendlich froh, sie zu sehen. Gleichzeitig hatte er panische Angst, Kelper könnte ihnen etwas antun.

Hinter Mara ließ sich Scarlett auf Hände und Knie fallen, um unter den Kämpfenden, die den Kellereingang versperrten, hindurchzukriechen. Sie war noch nicht sehr weit gekommen, als Jan – von Kelper bedrängt – zurückstolperte und ihr versehentlich auf die Hand trat. Scarlett wurde blass, gab aber keinen Laut von sich. Sie kroch weiter. Den Blick, der voller Angst war, ausschließlich auf Samuel gerichtet, als versuchte sie auf diese Weise die Gefahr aus ihren Gedanken zu verbannen.

Samuel nickte ihr aufmunternd zu. »Du packst das schon!«

»Du lebst«, schniefte sie.

Kelper schrie auf.

Samuel blickte zu den dreien hinüber. Was war passiert? Dann sah er, wie Mara ausholte und ihn vors Schienbein trat. »Und gleich noch einmal«, zischte sie ihn an. Doch dieses Mal gab er keinen Laut von sich. Er warf sich zur Seite, mit Jan – der immer noch versuchte ihm die Waffe zu entreißen –, sodass Mara mit dem Rücken gegen die Wand krachte. Sie gab einen Schmerzenslaut von sich, hielt seinen Arm jedoch weiterhin fest umklammert.

Scarlett hatte Samuel inzwischen erreicht und machte sich an seinen Fesseln zu schaffen. »Beeil dich«, murmelte er. »Ich muss den beiden helfen.« Gebannt verfolgte er den Kampf. Hier ging es um ihrer aller Leben. Wenn Kelper sich befreien konnte, waren sie erledigt.

»Ich hab's gleich«, sagte Scarlett hinter ihm.

»Schneller«, drängte Samuel. »Mara sieht nicht so aus, als ob sie noch lange ...«

Zu spät!

Plötzlich hatte Kelper seine Rechte frei, holte aus und schlug Jan mit der Waffe ins Gesicht. Der schrie auf und taumelte zurück.

»Jetzt«, raunte Scarlett.

Samuel war frei. Er stürzte vor. Kelper war schneller. Sein linker Arm schlang sich um Maras Hals, um sie als Geisel zu nehmen, während er Samuel mit der Waffe auf Distanz hielt. Allerdings hatte er nicht mit Maras Gegenwehr gerechnet.

»So nicht«, fauchte sie und grub ihre Zähne in seinen Arm.

»Miststück!«, keuchte Kelper und schleuderte sie zu Boden. Seine Waffe zielte bereits auf sie, als ihn Samuels Faust am Kinn traf. Im gleichen Moment war Jan neben ihm und entriss dem Psycho die Waffe. Kelper, halb benommen von Samuels Schlag, taumelte rücklings gegen den Türrahmen. Er schüttelte verwirrt den Kopf, dann stürmte er aus dem Keller.

»Nicht!«, rief Scarlett entsetzt, als Samuel ihm nachsetzen wollte. Er sah sie verzweifelt an. »Ich darf ihn nicht …« Eine Hand legte sich auf seine Schulter.

Samuel fuhr herum und starrte in Jans lädiertes Gesicht. Blut rann ihm aus der Nase. »Tu's nicht!«

Plötzlich stand auch Mara bei ihm. »Er ist es nicht wert«, murmelte sie mit leiser, kaum verständlicher Stimme. Sie schwankte leicht und sah aus, als könnte sie jeden Moment ohnmächtig werden.

Samuel starrte ins dunkle Treppenhaus. Noch könnte er Kelper einholen. Wenn er allerdings weiterhin zögerte, würde er außer Reichweite sein. Er riss sich von Jan los und … Scarlett umklammerte seinen Arm. Sie schluchzte hemmungslos. »Ich … hab … gedacht, du … wärst tot.« Sie war kaum zu verstehen. »Geh … nicht, bi-bitte!«

Samuel sah die Angst und den Schmerz in ihren verheulten Augen und plötzlich fiel aller Zorn, aller Hass auf Kelper von ihm ab. Sollte doch die Polizei sich um den Psycho kümmern … »Schon gut«, murmelte er und zog sie an sich, woraufhin Scarlett ihr Gesicht in seiner Schulter vergrub. Jan nickte ihm erleichtert zu und trat dann rasch an Maras Seite, als sie erneut zu schwanken begann.

19

Es dauerte eine ganze Weile, bis Scarlett sich wieder beruhigt hatte. Samuel musterte Jan und Mara, die aussahen, als wären sie unter einen Zug geraten. »Danke.« Er lächelte schwach. »Tja, Jan, jetzt hast du mir schon zum zweiten Mal das Leben gerettet. Wird langsam zu einer lästigen Angelegenheit, was? Nur woher wusstet ihr ...?«

Mara schnaubte schwach. »Hast du wirklich gedacht, wir hätten dir das Theater von gestern abgenommen?«

»Du bist ein schlechter Schauspieler«, sagte Jan mit einem schiefen Grinsen.

Scarlett sah tränenverschmiert zu ihm auf. »Außerdem hör ich es an deiner Stimme, wenn du lügst. Du sprichst dann immer ein kleines bisschen tiefer, um überzeugender zu klingen.«

Samuel schmunzelte. »Deshalb also der Anruf heute Mittag.«

Sie nickte.

»Uns war sofort klar, was du vorhattest.« Jan stöhnte und griff sich an die Nase. »Ich hasse Schlägereien!«

»Wir haben uns aufgeteilt«, berichtete Mara weiter.

»Jan postierte sich in der Nähe eures Hauses und Scarlett und ich fuhren zu der Haltestelle, die der Psycho als Treffpunkt genannt hatte. Wir hatten uns ganz in der Nähe versteckt und gewartet, bis du aufgekreuzt bist. Anschließend sind wir euch gefolgt.«

»Und ich hab nichts gemerkt. Aber ich hatte auch nicht damit gerechnet. Ich dachte, ihr wärt im ›Study‹.« Er strich Scarlett, die sich noch immer an ihn schmiegte, über das Haar. Ein leichter Duft nach Jasmin stieg ihm in die Nase. »Lasst uns aus diesem muffigen Loch verschwinden. Ich will nur noch raus hier!«

Über eine schmale, düstere Kellertreppe kamen sie in einen kleinen Flur, an dessen Ende die Haustür lag. Samuel kam plötzlich nicht mehr schnell genug aus dem Haus. Erst als er draußen in der Einfahrt stand und die warmen Strahlen der Sonne auf dem Gesicht spürte, blieb er stehen und atmete erleichtert aus.

»Wir sollten die Polizei rufen.« Mara holte ihr Handy hervor und wählte den Notruf. Das Gespräch war kurz. »Es ist schon jemand auf dem Weg. Sicher einer der Nachbarn«, sagte sie, nachdem sie wieder aufgelegt hatte.

Alle sahen hinunter zur Straße, niemand zeigte sich.

»Es war der blanke Horror«, brach es aus Scarlett heraus. »Mara und ich mussten die ganze Zeit zurückbleiben. Und als wir das Ende der Straße erreichten, sahen wir gerade noch, wie der Psycho die Haustür schloss. Von dir gab es keine Spur.«

Samuel nickte. »Da hatte er mich schon niedergeschlagen. Vermutlich mit der Waffe, die er in der Jacke versteckt hatte. Ist 'ne ganz schöne Beule«, sagte er und betastete vorsichtig seinen Hinterkopf.

»Zum Glück ist es nichts Schlimmeres.« Scarlett zog ein Taschentuch hervor und schnäuzte sich die Nase.

»Und dann?«, wandte sich Samuel an Mara.

»Wir haben Jan übers Handy angerufen und er ist gleich hierhergekommen. Wir haben zusammen gewartet. Nach einer Stunde wurden wir langsam unruhig. Und dann hörten wir den Schuss … Den Rest kennst du ja.«

Samuel nickte, während sein Blick über die Auffahrt schweifte. »Kelpers Wagen ist weg. Hat sich einer das Nummernschild gemerkt?«

Allgemeines Kopfschütteln.

»Na, egal, die werden ihn auch so kriegen.«

20

Samuel hatte seinen Vater noch niemals heulen sehen. Erst recht nicht vor anderen. Aber als die Polizei ihm erklärte, was vor knapp drei Stunden passiert war, übermannten ihn schlicht die Gefühle. »O Samuel!«, rief er und nahm ihn in die Arme. »Wie konntest du nur so was Dummes tun? Warum hast du nicht mit mir gered…« Er brach ab. »Du hast es ja versucht, stimmt's«, murmelte er schuldbewusst.

Seine Mutter war noch schlimmer. Sie heulte eine geschlagene Stunde lang und schien nicht mehr aufhören zu wollen. Egal, was Samuel oder sein Vater auch sagten. Schließlich schlief sie völlig erschöpft auf dem Sofa im Wohnzimmer ein. Samuel und sein Vater zogen sich in die Küche zurück.

»Wie geht es deinen Freunden?«

»Na ja, Scarlett ist im Moment genauso hysterisch drauf wie Ma, Jan hat eins auf die Nase gekriegt und Mara … ich glaub, sie hat am wenigsten abbekommen«, erklärte Samuel. »Jedenfalls hat die Polizei die drei erst mal nach Hause gebracht. Und morgen müssen wir zum Präsidium, um unsere Aussagen zu machen.«

Samuels Vater fluchte leise. »Ich hoffe, sie kriegen Kelper.«

»Die Fahndung läuft bereits.« Samuel zuckte die Achseln. »Der Typ war völlig am Ende. Ich glaub nicht, dass er weit kommen wird.«

Sie setzten sich an den Tisch, jeder eine dampfende Tasse Kaffee in der Hand. Für ein paar Sekunden – oder waren es Minuten – wurde es still in der Küche. Beide starrten vor sich hin und hielten dabei ihre Kaffeetassen umklammert, als fürchteten sie, der Moment würde wie ein Traum zerbrechen, wenn sie sie losließen.

Ich lebe, dachte Samuel. Und es geht mir gut!

Es war ein seltsames Gefühl, das mit diesen Gedanken einherging. Eine Mischung aus Freude und Erleichterung, aber auch Entsetzen darüber, wie knapp er dem Tod entronnen war. Ohne seine Freunde wäre er erledigt gewesen. Er schloss für einen Moment die Augen. Leute, dafür schulde ich euch was, dachte er.

Das Räuspern seines Vaters schreckte ihn auf.

»Was hat Kelper dir erzählt, Samuel?«

»Etwas, was ich mir schon gedacht hatte.« Er sah seinem Vater direkt in die Augen. »Warst du wirklich schuld am Tod seiner Tochter?«

»Ja und nein.« Sein Vater stellte die Tasse vor sich ab und rieb sich mit der Hand durchs Gesicht. Er sah müde aus und irgendwie älter als sonst. »Ich weiß nicht, was er dir erzählt hat. Vielleicht war es sogar die Wahrheit, denn sie hat oft mehrere Gesichter.« Er atmete hörbar aus. »Ich werde es dir nun aus meiner Sicht schildern, und dann musst du selbst entscheiden, was du glauben willst.« Er schwieg kurz, um sich zu sammeln. »Susanne Kelper war beim Spielen von einem Auto angefahren und mit zahlreichen Knochenbrüchen und starken inneren Blutungen eingeliefert worden. Es sah nicht gut aus. Ich hatte damals bereits eine Doppelschicht hinter mir und hätte längst abgelöst werden sollen. Aber mein Kollege war noch nicht eingetroffen. Und Dr. Schröder, der auch noch hätte übernehmen können, steckte mitten in einer OP. Ich hatte also keine Wahl. Susanne Kelpers Zustand war ernst und ich musste sofort etwas unternehmen ...«

»Hattest du Aufputschmittel genommen?«, unterbrach ihn Samuel.

Sein Vater wich seinem Blick aus. »Ja, und Susanne Kelper starb noch während der Operation. Ich habe mir solche Vorwürfe gemacht. Du kannst es dir nicht vorstellen.« Er schüttelte den Kopf. »Sie war ungefähr in deinem Alter und die ganze Zeit musste ich mir vorstellen, wie es wäre, wenn du ...« Er brach ab, presste die Lippen zusammen und schüttelte erneut den Kopf. Nach einer Weile fuhr er leise fort: »Es gab eine inoffizielle Untersuchung, bei der sich herausstellte, dass Susanne Kelper infolge ihrer Verletzungen gestorben war. Sie sind einfach zu schwer gewesen.«

»Also trifft dich überhaupt keine Schuld«, stieß Samuel hervor.

»Medizinisch betrachtet, vermutlich nicht. Moralisch gesehen, ja. Ich hatte bereits eine Doppelschicht hinter mir, war völlig übermüdet ... Vielleicht hätte jemand, der nicht so erschöpft gewesen wär, mehr für sie tun können.« Bei diesen Worten sackte er regelrecht in sich zusammen, als drohten die Erinnerungen und der Konflikt von damals ihn erneut zu überwältigen. »Immer wieder und wieder habe ich mich gefragt, ob ich nicht doch einen Fehler gemacht habe, den die Untersuchungskommission übersehen hatte. Vielleicht sogar absichtlich.« Er biss sich auf die Unterlippe, als wäre ihm bereits zu viel herausgerutscht. »Schließlich stand der gute Ruf der Klinik auf dem Spiel.«

»Glaubst du das wirklich?«, fragte Samuel.

»Man redet sich vieles ein, wenn man wieder und wieder über eine Sache nachdenkt. Endlos nachdenkt, obwohl man weiß, dass man sich damit keinen Gefallen tut.« Er schluckte. »Das Einzige, was ich mit Sicherheit weiß, ist, dass ich sie erst gar nicht hätte operieren dürfen.«

»Dann wäre sie auch gestorben«, widersprach Samuel. »Du hattest keine Wahl!«

Sein Vater schien ihn nicht gehört zu haben. »Wäre deine Mutter nicht gewesen, ich wäre durchgedreht ...« Er verbarg sein Gesicht in den Händen und stöhnte.

Samuel musterte die Gestalt seines Vaters. So schwach, so menschlich hatte er ihn noch nie erlebt. »Ich verstehe nur nicht, warum Kelper behauptet hat, dass es deine Schuld gewesen sei, obwohl diese Kommission was anderes herausgefunden hat.«

»Er war wütend, verletzt ... er hatte gerade seine Tochter verloren. Und nach dem heutigen Tag kann ich besser verstehen, wie er sich damals gefühlt haben muss.« Er trank einen Schluck Kaffee. Samuel sah, wie seine Hand mit der Tasse zitterte. »Und es war ja eine inoffizielle Untersuchung, deren Ergebnis nie öffentlich gemacht wurde, weil die Klinikleitung vertuschen wollte, dass ich Aufputschmittel genommen hatte. Sie fürchtete die negative Presse … Kelper muss hingegen geglaubt haben, die Klinik versuche zu verschweigen, dass seine Tochter aufgrund eines ärztlichen Fehlers gestorben ist.«

»Darum wolltest du also keine Polizei einschalten.«

Sein Vater schüttelte den Kopf. »Nachdem ich ahnte, dass Kelper hinter der Sache steckte, wollte ich sie um jeden Preis aus der Sache raushalten. Ich hab gefürchtet, es könnte sonst einen Skandal geben, wenn die Geschichte von damals noch mal ausgegraben würde. Nun wird sie vermutlich eh ans Licht kommen.«

»Es war dumm, ihm nichts zu sagen«, meinte Samuel. »Vielleicht hätte er es sogar verstanden, wenn ihr ehrlich zu ihm gewesen wärt.«

»Deine Mutter hat es ebenfalls von Anfang an für einen Fehler gehalten.«

»Wie hat Kelper überhaupt von den Aufputschmitteln erfahren?«

Sein Vater zuckte die Achseln. »Vielleicht über eine Schwester oder einen Pfleger … da gab es sicher Möglichkeiten.«

Samuel nickte und starrte in seinen Kaffee. Nach einer Weile sagte er: »Ich glaube, Kelper hätte die Wahrheit auch nicht akzeptiert, wenn er sie gekannt hätte. Er steckte so voller Zorn und Hass.«

»Er hat das verloren, was er am meisten geliebt hat. Ich verstehe ihn nur zu gut.« Sein Vater blickte Samuel mit zusammengepressten Lippen an. Tränen schimmerten in seinen Augenwinkeln. »Herrgott, Samuel, ich wüsste nicht, was ich getan hätte, wenn dir heute etwas passiert wäre!«

»Ach Dad, ich ...«

Das Telefon klingelte.

»Oh, verdammt, deine Mutter.«

Samuel und sein Vater waren aufgesprungen und liefen hinüber ins Wohnzimmer. Die Mutter richtete sich auf dem Sofa auf. Verschlafen blickte sie die zwei an. »Was ist ... oh, Telefon.«

Samuels Vater hob ab. »Weyden«, sprach er hastig in den Hörer. Dann schwieg er für eine ganze Weile. »Ja, danke, Herr Hauptkommissar... Auf Wiedersehen«, sagte er schließlich und legte auf.

»Was wollte die Polizei?«, fragte Samuel aufgeregt.

»Das war ein Hauptkommissar Berger oder so ähnlich. Ein Kollege von dieser Lerchinger ...«

»Und?«, unterbrach ihn Samuel. »Haben sie ihn schon?«

Sein Vater nickte. »Er ist tot.«

Samuel starrte ihn mit offenem Mund an.

»Selbstmord. Er ist mit seinem Wagen frontal gegen eine Mauer gefahren. Zum Glück wurde niemand sonst in den Unfall verwickelt.«

Samuel verließ das Wohnzimmer und schlich nach oben. Er wollte jetzt alleine sein. In seinem Zimmer ließ er sich in seinen alten Sessel fallen und starrte hinauf zur Decke. Kelper war also tot. Sollte er darüber erleichtert sein? Richtig war es sicher nicht, trotzdem fühlte er so ...

Epilog

Zwei Wochen waren seit Samuels Gefangennahme vergangen. Noch immer terrorisierten ihn Albträume deswegen. Allzu oft fand er sich in dem Keller wieder, erlebte jedes Mal aufs Neue den Augenblick, als Kelper auf ihn schoss. Und jedes Mal wachte er an dieser Stelle auf – wie auch in dieser Nacht.

Samuel lag schwer atmend im Bett. Er war durchgeschwitzt und sein Herz hämmerte gegen seine Brust. In Gedanken kämpfte er gegen die verblassenden Bilder des letzten Traumes an, in der Hoffnung, sie dieses Mal für immer zu vertreiben. Doch es würde wohl noch eine ganze Weile dauern, bis er das Erlebte vollständig verarbeitet hatte.

Er seufzte, dann kroch er aus dem Bett und schlurfte durch das dämmrige Zimmer zum Fenster, um den Rollladen hochzuziehen. Wie erwartet, schien die Sonne. Samuel ging rüber ins Bad, wo er eine eisige Dusche nahm. Nachdem er sich angezogen hatte, ging er nach unten. Er war gerade auf dem Weg in die Küche, als es an der Tür schellte.

»Gehe schon«, rief er, ohne zu wissen, ob seine Eltern überhaupt in der Nähe waren.

Es war Kolwiz.

»Hallo, Samuel«, sagte er und war erstaunlich guter Laune. »Ich habe gestern Abend mit meiner Frau telefoniert. Ich werde sie für ein paar Tage besuchen, würdest du so lange auf mein Haus aufpassen?« Er hielt Samuel ein Schlüsselbund hin. »Schau hin und wieder mal nach, ob alles in Ordnung ist. Bei all dem Einbrecherpack heutzutage weiß man ja nie«, fügte er augenzwinkernd hinzu.

Samuel wusste nicht, was er sagen sollte. Ungläubig starrte er Kolwiz an. Der Mann war wie verwandelt.

»Und?«

»Äh, ja, natürlich.« Samuel nahm das Schlüsselbund entgegen.

Kolwiz schüttelte ihm zum Abschied die Hand und steuerte auf ein Taxi zu, das mit laufendem Motor auf ihn wartete. Als er auf der Beifahrerseite einstieg, fand Samuel wieder zu sich. »Viel Glück«, rief er. Aber Kolwiz hatte die Tür schon hinter sich zugeschlagen. Viel Glück, dachte er noch einmal, dann machte er sich auf den Weg in die Küche.

»Guten Morgen«, grüßte ihn seine Mutter. Sie saß mit einer Tasse Kaffee am Tisch. »Wer war das gerade?«

Samuel erzählte ihr von Kolwiz' Reiseplänen.

»Hm«, machte sie und zog ein überraschtes Gesicht. »Was ist denn in den gefahren?«

»Ist wohl zur Besinnung gekommen.« Samuel, der sich ein Glas aus dem Schrank geholt hatte, zog die Karaffe mit Orangensaft zu sich rüber. »Dad ist arbeiten?«

Seine Mutter lachte. »Gott sei Dank kam heute früh der Anruf von der Klinikleitung. Aus lauter Langeweile hatte dein Vater bereits angefangen mir im Haushalt zu helfen. Erst gestern hat er versucht zu bügeln. Jetzt muss ich ihm zwei neue Hemden kaufen.«

Samuel grinste. Er war froh, dass seine Eltern ihn wie immer behandelten, obwohl sein Vater sich wegen der ganzen Sache große Vorwürfe machte. Das Letzte, was Samuel jetzt gebrauchen konnte, war, verhätschelt und bedauert zu werden. Mitleid hatte er noch nie gewollt.

Gegen fünf war er mit Scarlett und den anderen fürs Kino verabredet. Als er dort eintraf, kam Scarlett ihm entgegengelaufen und begrüßte ihn mit einem stürmischen Kuss. »Ich habe dich vermisst«, murmelte sie und schmiegte sich an ihn. Scarlett hatte den Psycho völlig aus ihrer Erinnerung verbannt. Sobald ein Gespräch auch nur in die Nähe dieses Themas geriet, schlug sie prompt ein anderes an.

»Wie kannst du mich vermisst haben, wo wir uns erst gestern gesehen haben?«, meinte Samuel.

»Ach, du Dummerchen.« Plötzlich grinste sie ihn verschwörerisch an. »Meine Eltern sind heute Morgen in Urlaub gefahren«, flötete sie. »Ich bin jetzt ganz allein in der Wohnung.«

»Und du hast sicher schreckliche Angst«, vermutete Samuel spöttisch.

Scarlett nickte. »Ich brauch dringend jemanden, der auf mich achtgibt.«

»He, Leute, warum dauert's so lange?«, beschwerte sich Mara.

»Beeilen wir uns lieber, bevor sie noch die Peitsche schwingt«, scherzte Samuel. Er legte den Arm um Scarletts Schultern und dann gingen sie den anderen entgegen. Zu seiner Überraschung waren sie heute zu fünft.

»Marek kennst du ja«, sagte Jan und lief dunkelrot an.

Samuel begrüßte ihn mit Handschlag. »Wollen wir reingehen und den Film aussuchen?«

»Wir können auch hier draußen stehen bleiben und warten, dass es anfängt zu schneien – wenn du meinst, dass das mehr Spaß macht«, spottete Mara. Sie hakte sich bei Jan und Marek ein und zog die beiden mit sich. »Gleich zwei Männer. Ich glaub, ich bin im Himmel.«

»Ach, halt die Klappe«, brummte Jan.

Mara lachte schallend auf. »Dazu braucht es schon mehr als die Drohung von dir. Nun zieh nicht so ein Gesicht, du weißt ja, von wem es kommt. Anderes Thema: Wir drei sollten unbedingt mal zusammen shoppen gehen. Letzte Woche hat ein neuer Klamottenladen in der …«

Samuel schüttelte den Kopf. »Mara wird die beiden noch in den Wahnsinn treiben.«

»Ach, die werden sich schon zu helfen wissen. Und nun nichts wie hinterher, bevor Mara ohne uns beschließt, in welchen Film wir gehen.«

In der Reihe **Labyrinthe-Krimis** ebenfalls erschienen:

Rolf Bönnen: Ausgeknipst
Michael Borlik: Unsichtbare Augen
Michael Borlik: Stumme Schatten
Angela Gerrits: Foulspiel
Angela Gerrits: Letzter Auftritt
Angela Gerrits: In der Falle
Oliver Pautsch: Mordgedanken
Oliver Pautsch: Sie kriegen dich
Oliver Pautsch: Verloren im Netz
Edith Schreiber-Wicke: Zu viele Zeugen
Edith Schreiber-Wicke: Freier Fall
Christoph Wortberg: Novembernacht
Christoph Wortberg: Keine Wahl
Christoph Wortberg: Die Farbe der Angst

Michael Borlik ist ein Autor der AVA international GmbH Autoren- und Verlagsagentur, Herrsching (www.ava-international.de).

Borlik, Michael:
Abgerechnet
ISBN 978 3 522 17874 7

Einbandgestaltung: Christine Kleicke und Hartwig Otto
Schrift: Stone serif und Trade Gothic
Satz: KCS GmbH, Buchholz/Hamburg
Reproduktion: immedia 23, Stuttgart
Druck und Bindung: Friedrich Pustet, Regensburg

5 4 3 2 1* 07 08 09 10

www.thienemann.de
www.borlik.de